新 潮 文 庫

殺人者はそこにいる

逃げ切れない狂気、非情の13事件

「新潮45」編集部編

新 潮 社 版

6867

殺人者はそこにいる　逃げ切れない狂気、非情の13事件◆目次

第一部 「未解決事件」の死角で殺人鬼が息を潜める

第二部　修羅たちは静かに頭を擡げ出す

第三部　暗き欲望の果てを亡者が彷徨う

第四部　男と女は深き業に堕ちて行く

殺人者はそこにいる

逃げ切れない狂気、非情の13事件

われ見しに、視《み》よ、青ざめたる馬あり、
之《これ》に乗る者の名を死といひ、陰府《よみ》これに随《したが》ふ

黙示録　第六章

第一部　「未解決事件」の死角で殺人鬼が息を潜める

「少年法」の闇《やみ》に消えたうたかたの家族

――西宮「森安九段」刺殺事件

それは奇妙な墓だった。

兵庫県下の、山腹を切り開いて造営された霊園。眼下には夏の光に炙《あぶ》られた街並みが白く、蜃気楼《しんきろう》のように浮かび上がり、濃い緑の木立ちからは激しい蟬時雨《せみしぐれ》が降り注いでいた。

その墓は、墓石の形も設置された場所も、格別変わったところはない。しかし、三百基以上の墓石が整然と並ぶなかでただひとつ、家名がなかった。墓石の側面に本人の名前が小さく、生前の草書体のサインを使って彫ってあるだけで、それを見落とせば、誰の墓なのか見当もつかない。

人の目に触れることを頑《かたく》なに拒むように、ひっそりと佇《たたず》む墓だった。

戒名　究道院棋聖秀英居士

関西将棋界を代表する実力派棋士で、その粘り強い棋風から、七転び八起きの「だるま流」で知られた森安秀光《もりやすひでみつ》九段の墓である。

平成五年十一月二十三日、朝九時過ぎ。兵庫県西宮市の自宅で内藤国雄《ないとうくにお》九段は、妻の慌《あわ》てた声をどう理解していいのか分からなかった。つい先程、電話があったと妻は言う。森安の妻、圭子（仮名）からだった。その電話は、森安が死んでいると伝え、切れてしまったという。

森安は内藤の十歳年下で、共に藤内金吾《ふじうちきんご》八段に師事した直系の弟弟子である。森安の結婚の際は内藤が仲人《なこうど》を務め、つい一ヵ月前にも夫婦揃《そろ》って訪ねてきて、夕食を共にしたばかりだった。陽気で酒の好きな森安は、いつもと変わらぬ呵々《かか》大笑ぶりで、特別変わったところはなかった。

内藤が改めて電話を掛けると圭子は「警察が来ているから大丈夫です」と言うばかりだった。森安の自宅は、同じ西宮市内にあり、徒歩でも十五分とかからない。とるものもとりあえず、訪ねてみると、自宅前には既にパトカーが到着し、やじ馬も続々と集まって騒然としていた。ここで内藤ははじめて、森安が何らかの事件に巻き込まれたことを知った。

本当だろうか？　内藤の脳裏に黒々と膨れあがるものがあった。圭子の電話だ。あまりにも常軌を逸した話で、現実感も何もなかったが、圭子は電話口で妻に「息子に殺されました」と口走ったらしい。確か森安の長男は兵庫県下でも難関で知られる有名公立中学の一年生で、森安が酒席で「東大を狙《ねら》わせます」と、冗談めかして言っていたのを覚えている。つい最近、中学に「息子のため」と将棋部を設けて顧問を務め、自ら指導に赴いていることも知っていた。

「まさかあの子煩悩《こぼんのう》な森安が息子に――」

内藤にはとても信じられなかった。

ぼくのせいやない

有名棋士が中学一年の息子に殺されるというショッキングな事件から六年の歳月が流れた。十二歳の少年はなぜ、父親を刺殺したのか。事件の前後の状況を、関係者の話を踏まえて再現してみる。

当時の森安一家は秀光（四四）、妻圭子（四〇）、私立女子中学三年の長女（一五）、それに少年の四人家族だった。

事件発覚の前日、つまり平成五年十一月二十二日（月曜日）午後五時頃、圭子がパート先から自宅へ電話を入れると、森安本人が出た。これから帰る旨《むね》を伝え、約一時間後、帰宅した。そのとき、夫の姿は家のどこにも無かった。一人でいた少年に夫の居所を尋ねると、こう言った。

「ぼくが家に帰ったときはポストにカギが入っていた。どこかへ行ったんとちがうかな」

二階にある八畳ほどの書斎兼寝室を覗《のぞ》くと真っ暗だったので不在と思い、下に降りた。夫は酒を飲んで夜遅く帰ることが珍しくなかった。その夜、長女を交えて三人で夕食を摂《と》った後、圭子は少年に「マンガ、読ませて」と言い、暫《しば》くして少年の持ってきた少年ジャンプの表紙はなぜか破り取られていた。少年は訝《いぶか》る母親に「インクが付いて汚れたので破った」と説明した。しかし後日、警察の捜査で血の付着した表紙が見つかっている。

翌二十三日（火曜日）は勤労感謝の日で休日だった。早朝、少年は圭子を起こし、甘えた口調で「今日は昼まで寝てていい？」「数学の問題が分からない」と言ってきた。長女は午前八時頃、友人と神戸に出掛ける、と外出している。

午前八時五十分頃、圭子が二階の書斎兼寝室に入ると、畳に血が落ちているのに気づいた。布団《ふとん》をめくると、そこには俯《うつぶ》せになり、血を流して絶命した夫の姿が。黒いセーターに茶色のズボンの普段着姿だった。

「お父さんが死んでいる！」

一階から付いてきた少年に言い、警察に電話をしようとしたそのとき、圭子は襲われた。少年がいきなり、刺し身包丁で切りつけてきたのだ。咄嗟《とっさ》に顔を捻《ねじ》ると、切られた髪の毛が束になって床に落ちた。圭子は首に全治二週間の怪我《けが》を負った。激しく揉《も》み合って包丁を取り上げた圭子に、少年はこう叫んだ。

「パパが死んだのはぼくのせいやない。学校を休んだことでガチャガチャ言うからこうなったんや。あんなに叱《しか》られてはぼくの立場がない。逃げ場がないんや！」

階下から外へ逃げ出した少年は、そのまま自宅へ帰ることはなかった。

解剖の結果、森安が殺されたのは前日の午後五時から六時の間と推定されている。左胸を刃物でひと突きにされての失血死だった。

当時の少年は身長百五十三センチ程度の、どちらかといえば小柄でひ弱な、ぼっちゃんタイプの中学一年生である。

少年は小学三年から塾通いを始めている。六年になると「受験勉強のため」と、三年間所属した地元のカブスカウトも退団。帰宅は毎晩十一時前後になり、圭子は塾への送り迎えのため、クルマの免許を取得した。

家を挙げての努力の甲斐《かい》があって、少年は見事、名門中学に合格。少年の卒業した小学校からの進学はたった一人という、難関校だった。

近隣の住人は少年を「小学校まではあいさつもきちんとする明るい子供だった」と口を揃えて言う。だが、事件の発生した年の春、神戸市内の名門中学に入学すると、とたんに変化が見え始める。

「道で会ってもあいさつもせず、暗い顔でいることが多くなった。奥さんも〝学校を欠席しがちで困っている〟と嘆《ごと》いていたようだ」

少年の学校嫌いは日を追う毎に激しく、深刻になっていった。事件のあった十一月は十六日から滋賀県近江八幡《おうみはちまん》市の校外学習（一泊二日）に参加した後、翌十八日から続けて三日間、学校を欠席。日曜をはさんで、二十二日月曜日は朝、圭子が「今日は学校へ行くように」と言い置いてパートに出ている。しかし、気になり中学校に確認したところ、欠席していることが分かった。急いで帰宅し、夫と二人、昼過ぎから近所を捜し廻ったが結局、見つかっていない。圭子はパートに戻り、これが夫との永遠の別れとなった。

唯一《ゆいいつ》の拠《よ》り所

「ごっついことになったなあ」

店長は少年の肩をそっと抱いて、なかへ招き入れた。事件発覚から三十時間後の十一月二十四日午後二時半過ぎ。場所は少年の自宅から約七キロ離れた阪神電鉄線鳴尾駅前のゲームソフト店だった。

五十歳の店長は、事件を知ったあと、店員を集めて「きっとここに現れる。あの子から電話があっても警察に連絡せず、店に来るように言ってほしい」と伝えている。

少年は一年ほど前から頻繁に顔を出すようになっていた。親しい店員に「どこ行っても勉強勉強と言われて、もううんざりや。家に帰りとうない」と訴え、午後八時の閉店時間を過ぎても帰らないこともあった。

学校をずる休みして、両親が必死に捜し回っていた二十二日の午後も店を訪れ、三時間ほど過ごしていた。少年は帰り際《ぎわ》、「きょう、学校、休んでもうた。帰ったら怒られるやろな」と、力なく呟《つぶや》いている。

事件発覚後の夜、公園で野宿したという少年は疲れきった表情で店長に「あれは誤解や」と訴えた。「誤解やったら、みんなに分かるようにせなあかんな」そう諭すと、「だから誤解やねん」と、強い口調で言い、唇を噛《か》み締めた。

午後三時、店側の連絡で警察が到着した。保護された少年はホッとした表情で出ていった。「またおいでや」店長が声を掛けると、少年は弾《はじ》かれたように振り返ったという。

事件前、こんな光景が幾度となく目撃されている。夜、兄のように慕っていた二十三歳の店員が自転車で帰ろうとすると、少年は走ってどこまでも追いかけるのだ。

「今思うと、自分の居場所を探してアガいているようやった」

元店員の一人はポツリと語った。

少年の唯一の拠り所だったゲームソフト店も今は無く、代わって携帯電話の販売店がオープンし、賑《にぎ》わっている。

落日の棋士

少年がやり場のない鬱屈《うっくつ》した感情を持て余していた時期、父親の森安秀光九段も、華やかな表舞台から遠ざかり、勝負師としての壁に直面していた。

秀光の人生を振り返ってみる。

昭和二十四年、瀬戸内海に浮かぶ笠岡諸島のひとつ、北木島に生まれた秀光は、幼いころ、一家を挙げて島を出て、将棋の道に入っている。ちなみに実兄は、これもプロ棋士の森安正幸六段である。兄弟子の内藤九段が語る。

「船乗りのお父さんが大の将棋好きで、息子たちを棋士にするのが夢だったといいます。お父さんは徹底して仕込んだらしいですね」

内藤は、父親の〝英才教育〟を受けた十歳の秀光と一局指したことがある。兄の正幸と父親も一緒だった。

「三人とも同じ戦法なんですね。どうも同じ本を親子一緒に徹底して勉強したらしい。その努力と執念は大したものですが、将棋の筋はあまり良くなかった。正直なところ、モノにならんだろう、と思っていました」

しかし、内藤の危惧《きぐ》をよそに、昭和三十七年、藤内金吾八段の門下生となった兄弟は順調に出世の階段を駆け上がった。なかでも秀光の実力には目を見張るものがあった。中学卒業後「奨励会」に入り、パン職人として働きながら修業を続け、四年後、四段へ昇進、晴れて一人前のプロ棋士（三段までは奨励会）となった後は、新人王戦に三度優勝。関西に森安あり、と謳《うた》われた。そして昭和五十六年二月、少年がこの世に生を受ける。この長男の誕生が起爆剤になったかの如《ごと》く、森安は全盛期を迎える。

昭和五十七年、最多対局賞と最多勝利賞を獲得。翌五十八年は、第四十二期の棋聖位決定五番勝負に挑戦。中原誠棋聖を相手に、あっさり二連敗を喫した後、持ち前の粘りを発揮して三連勝。稀《まれ》にみる大逆転の末、念願の初タイトルを手にしている。その夜、酔って宿の風呂《ふろ》場《ば》で足を滑らせたが、すぐに立ち上がり「だるま流は転んでもすぐ起きる」と豪快に笑ってみせた、というエピソードも残っている。

昭和五十九年には谷川浩司名人に挑戦するも敗退し、以後、頂点を極めた森安の将棋人生は落日の色を深めていく。六十一年はA級からB級一組に降格。六十二年になるとB級二組まで落ちてしまい、頭を丸めて周囲を驚かせた。

平成三年、B級一組に復帰し、事件のあった平成五年はリーグ戦四勝三敗で四位につけ、兄弟子の内藤に「あと四局全勝してA級に戻ります。見ていてください」と巻き返しを誓ったが、もはや昔日の執念も勢いも無かった。

内藤が語る。

「負けが込むと、どうしてもイライラしてしまう。森安は、気分転換を兼ねて囲碁に凝っていた時期がありました。頭のトレーニングにもいいので、私も応援していたのですが、いつの間にか碁会所にも行かなくなった。家にいることが多くなり、息子のファミコンで遊ぶことも多かったようですな」

自宅に送られてくる将棋雑誌は、封を切られることもなく捨て置かれたという。

「活躍していれば、記事にも大きく取り上げられて読む気にもなる。しかし、自分のことが載っていないとなると落ち込むばかりです。タイトルもとり、頂点を極めた男だから、尚更《なおさら》でしょう。雑誌を開かないとなれば、ライバルの棋譜を見て勉強することも無くなる。悪循環なんですな」

酒はどうなのだろう。事件直後の報道では、森安は家でも昼間から酒を浴びるように飲み、寝室には日本酒の一升瓶が転がっていた、そして、酔っ払って寝込んだところを刺された、との見方が一般的だったが――。

「それは誤解だと思います。あの酒は、私が事件の十日ほど前に贈った大阪・池田の吟醸酒『呉春《ごしゅん》』です。森安は後で電話してきて〝寝酒にやってます〟と言っていました。森安は飲み屋ではとことん飲んでハメも外すけど、家ではそんなに飲みません。仲間とワイワイやる明るい酒が好きなんですよ。対局前に気合を入れようと、マムシ酒を飲むから、〝いつも昼間から酒気を帯びている〟と、色々誤解もあったようですが、あれは子供が大人になったような無邪気な男です」

長男の教育についてもこう語る。

「一緒に酒を飲むと〝息子は灘《なだ》高から東大や〟、なんて言うこともあったけど冗談ですよ。森安も私も中卒です。そもそも棋士は学歴など関心がないのです」

だが、将棋の世界は天才の集まりである。プロ棋士を目指すなら五歳から本格的な英才教育を施し、小学六年でアマ五段、つまり全国大会の県代表になれるくらいの力がなければ無理といわれる。米長邦雄の「兄は頭が悪いから東大にいった」というセリフは余りにも有名だが、現にプロ棋士になれるのは年に四人（年二回の三段リーグ戦で各二人ずつ）。その中で最高位の九段に到達するのは天才中の大天才なのだ。天賦《てんぷ》の才能を授かり、自分の実力のみで人生を切り拓《ひら》いてきた森安が教育や学歴にそれほど関心がなかったとしても母親の圭子はどうだろう。こんな話がある。

「あのひとは大変な教育ママで、学校はどこそこの私立じゃなきゃダメ、塾はここ、と常に口にしていた。中学へ通わなくなった息子さんとのケンカはしょっちゅうで、その怒鳴り声が家の外まで聞こえてくることも珍しくありませんでした」（近所の主婦）

夫ほどの特殊な才能に恵まれなかった息子に、学歴という社会のパスポートを与えるべく叱咤《しった》し、自らクルマの免許を取得してまで塾へ送り迎えした日々は、圭子にとって精一杯の親心だったのかもしれない。

事件が発覚した翌日の十一月二十四日、警察に保護された少年は、母親に切りつけた事実は認めたものの、父親の刺殺は頑《かたく》なに否認し続けた。

「お母さんが帰ってきたときは、もうお父さんが死んでいるのは知っていた」「刺したのはぼくじゃない。でも疑われるのがイヤで黙っていた」「外から誰か来て殺したと思う」

翌朝、母親を刺そうとしたことについては「疑われて、怒られると思ったからやった」という具合。仮にも尊属殺人の重要容疑者である。こんないい加減な供述で警察が納得するはずもないが、相手は十二歳の子供だ。しかも警察が児童相談所の委託を受けて保護できるのは僅《わず》か二日間。二十六日には児童相談所に身柄を移して保護を継続し、西宮警察署と兵庫県警少年課は、相談所の許可を得て、職員が同席する面会形式で事情を聞くしかなかった。面会時間も一日二時間程度。警察は手足を縛られたも同然で、これでは十分な捜査ができるはずもない。

結局、少年は父親刺殺を否認し続け、児童相談所が処遇を決定したのは翌平成六年一月二十四日のことだった。普通、一時保護は二週間程度とされるから、二カ月間に及んだ保護は極めて異例である。肝心の少年の処遇については少年法を楯に、今日まで一切公表されていない。しかし、関係者によれば「医療少年院に収容され、カウンセリングが続けられた」という。

「自由に生きてもらいたい」


事件から六年が経過し、少年は十八歳になった。西宮市内の閑静な住宅地に建つ木造二階建ての自宅は、事件以来、住むひとも無いままほうっておかれている。

「奥さんが年に二、三度来て掃除と庭の手入れをしてますな。家は事件やから、買い手もつかんのやろ。奥さんも、今はどこに住んで何をしとるのか、息子さんはどうしとるのか、何も喋《しゃべ》りません。あれは一種の世捨て人ですわ」（隣人）

秀光の実兄、正幸はこう言う。

「彼女の行方は誰も知りません。実家とも我々とも、一切の連絡を断っています。いまは敢《あ》えて探したりせず、そっとしておいてやろうと思います」

秀光の葬式で葬儀委員長を務めた内藤国雄九段も「彼女は一切の付き合いを断ったようですね」と、こんな話をしてくれた。

「以前、日本将棋連盟が見舞い金を集めて送ろうとしたことがあります。しかし、八方手を尽くしても居所が分からなかった。事件後、我が家に届いた年賀状にも〝お世話になりました〃と書いてあるだけで、住所は無かった。私は、〃ああ、彼女は消えようとしているんだな〃と分かった。以来、音信は途絶えたままです」

少年については、ある知人がこう言う。

「施設から出てきたけど、奥さんが引き取りを拒否したため、今は里親のもとで暮らしていると訊《き》いています。奥さんは一生、息子さんを許さないでしょう」

しかし、施設から出た少年の姿を見た者はいない。いずれにせよ、親子三人の行方は闇の中だった。

「違います、人違いです」

夜になって辿《たど》り着いたその家のインターホンからは、女性の戸惑いに満ちた声が響いた。私は取材の趣旨を説明し、インターホンに語り掛けた。暫《しばら》くして女性は幾分落ち着いた、しかし確かな意志を感じさせる声で、森安秀光の妻であることを認めた。

「私にも何が何だか分からないんです。いったいどうなっているのか——警察の調査でも分からなかったし、こちらとしては諦《あきら》めるしかありません。でも——私は息子を信じています」

少年と長女は母圭子と共に森安家から籍を抜き、今は圭子の旧姓を名乗っている。

圭子は現在の少年の様子をこう語った。

「とても元気です。年齢相応の生活を送っています」

そしてマスコミ批判。

「なぜ、父親が有名人だからといって、ああ大きく報道されなければならないのでしょうか。不公平です。同じころ、十四歳の少年の殺人事件があったけど、小さな扱いで終わりました。でも、うちの息子は毎日、興味本位で色んなことを書かれて、散々痛めつけられたんです」

息子に、どうして父親を刺したのか、訊いたことはあるのだろうか。

「ありません。信じているのに、どうして訊く必要があるんですか。これからも一切、触れる気はありません。事件に分からない点はあるけれど、私はあの子を信じています」

そして、自分をこう責めた。

「私は、逆上したあの子に切りつけられているんですよ。私があの子のことを分かっていなかったから――私はいくら責められてもいい。でも、あの子にはこれ以上辛《つら》い思いをしてほしくないんです」

最後の質問をした。これから先、息子にどういう人生を送って欲しいのか、と。

「自由に生きてもらいたい。普通のひとと同じように、自由に、まったく自由な人間として生きてくれたら、他に何も望みません」

事件から一年後の平成六年秋、故・森安秀光九段の納骨式が兵庫県内の寺でひっそりと執り行われた。そこには、静かに手を合わせる一人の少年の姿があった。

切断された「二十七の肉塊」は何を語る

——井の頭公園「バラバラ」殺人事件

「最初にその袋を見たとき、半透明のビニール越しに、うっすらとピンク色の肉のようなものが見えたので、てっきりスーパーで売っている魚の切り身でも入っているのかと思いました」

第一発見者の女性清掃員Tさんは、当時を振り返ってそう語る。その袋は、男性の清掃員が気を利《き》かせて、あらかじめゴミの中から選り分けておいてくれたものだった。

「ネコの餌《えさ》にでも、と思ったようですが、おそらく彼が前もって選り分けてくれていなかったら、生ゴミとして他のゴミの中に埋もれたままになっていたでしょうね。ゴミとしてはきれいすぎて、少しヘンだなと思ったけれど、臭《にお》いもなかったし、不審な感じはありませんでした」

袋の結び目があまりに固かったので、Tさんの同僚が、近くに落ちていた竹串を手に取って、ビニールを破くようにして中身をあらためた。

「今でもよく覚えているのは、そのとき彼女が突然、『人間だァー』といってその袋をほうり出したことです。あわてて私も中身を確かめると、それは人間の足首でした。

気持ち悪いというより、そう、まるで女の人の足のようにきれいだなと思ったのをよく覚えています」

平成六年四月二十三日、東京都三鷹市にある井の頭公園で、男性のバラバラ遺体が発見された。切断された遺体の断片は全部で二十七個、いずれも半透明のビニール袋に入れられ、池の周囲にあるゴミ箱に点々と捨てられていた。遺体は手足と胸の一部だけで、頭部と胴体の大部分がなく、被害者の身元の確認は困難かと思われたが、その三日後、公園の近くに住む一級建築士川村誠一さん（三五）＝当時＝と判明した。川村さんは二十一日の夜から行方がわからなくなっており、妻から捜索願いが出されていた。

バラバラ殺人は顔見知りの犯行というのが常識である。そのため、この井の頭公園の事件でも、身元が判明した時点で早期の解決が予想された。しかし捜査は予想外に難航し、現在にいたるまで、事件解決の糸口はまったくつかめていない。

捜査本部は当初、その猟奇的な手口から、怨恨《えんこん》による殺人と考え、川村さんの妻を含め、会社の同僚や、大学の同級生、地元で参加していたボーイスカウト仲間などに、徹底的な事情聴取を行った。とくに川村さんの妻は、捜索願いを出すのが早かったこと（二十二日夕方）もあり、かなり疑われたという。しかしいくら調べても、男女関係や金銭関係のトラブルなど、怨恨に結びつくような話はまったく出てこなかった。もし、顔見知りの者の犯行だとしたら、なぜ捜査線上に容疑者が浮かびあがってこないのか？　顔見知り以外の者の犯行だとしたら、なぜ被害者の遺体をバラバラにする必要があったのか？

事件から五年、井の頭公園バラバラ殺人事件は、この奇妙なパラドックスを抱えたまま、迷宮入りの様相を呈している。警視庁捜査一課から派遣された捜査員はすでに引きあげ、現在では所轄《しょかつ》の三鷹署員が、日常業務のなかで細々と捜査にあたっているだけだという。

事件解決の手がかりは本当になにもないのか？　だがこの事件を再検証していくなかで、これまで知られていなかったある事実が明らかになった。バラバラ遺体を解剖した法医学者の証言から、おぼろげながら犯人像が浮かび上がってきたのである。

解剖医を驚かせた「遺体」

捜査員の手によって公園で収容された遺体は、同じ三鷹市内にある杏林《きょうりん》大学病院へ送られた。司法解剖を担当したのは同大学法医学教室の佐藤喜宣教授。すでに二千件以上の遺体解剖を行っているベテランの法医学者である。

殺人事件の解剖も数多く手がけている佐藤教授だったが、井の頭公園から運ばれてきたその遺体を前にして、あまりの異様さに言葉を失ったという。

発見された遺体は、両手足と右胸の一部分で、全部集めても、身体《からだ》全体の三分の一程度、二十数キログラムしかなかった。

解剖は、まずひとつひとつのビニール袋を開けて、部分ごとにまとめ、絵をかいて写真を撮るという通常の手順で行われた。

佐藤教授が最初に気がついたのは、ビニール袋に入れられた遺体のひとつひとつが、まるで定規で測ったように、きちんと同じ長さで切断されていたことだった。

「すべてのパーツが、ほぼ二十数センチで切り揃《そろ》えられていました。バラバラ殺人などの場合、切断しやすい関節の部分で切るのがふつうなんですが、これは関節に関係なく、機械的に二十数センチで切断されていました。奇妙だったのは、長さだけでなく、太さも揃えられていたことです。肉の厚い部分は筋肉を削《そ》ぐなどして、太さまでが均一に調節されていました。当時も報道されていましたが、これは捨てる場所を限定した遺体の処理の仕方だなと思いましたね」

当時の井の頭公園のゴミ箱は、前面に縦二十センチ×横三十センチのフタがついたポスト型のゴミ箱だった。フタを押すようにして中にゴミを入れてしまえば、外から内容物を見ることができない。ビニール袋に梱包《こんぽう》された遺体は、まさにそのゴミ箱の小さなフタにピッタリのサイズだった。

だが長さを揃えるのはいいとして、果たして太さまで揃える必要があったのだろうか。厳密にいえば二十数センチという単位は、フタのサイズに比べてまだ少し余裕がある。それほど太さを気にしなくても、ふつうのゴミとしてごく自然に投棄できたはずである。なぜ犯人は、まるで規格品でもつくるように、切断した遺体を丁寧に削り揃えたのだろうか。

さらに佐藤教授を驚かせたのは、遺体がとてもきれいなことだった。いずれも入念に洗われ、殺害の手がかりになるような付着物は何も残されていなかった。そして異様なことに、遺体からは血液がすべて抜かれていた。

「文字通り血は一滴も残っていませんでした。おそらく搾《しぼ》りあげるようにして抜いたと思うのですが、組織の深いところにある血液は、ただ搾るだけでは簡単に抜けないものなんです。逆にいうと、血液を一滴も残さずに搾り出すには、ある程度のテクニックが必要とされる。だからこの作業をした人は、少なくとも血管の走行を熟知している人、深いところに溜《た》まっている血液をどう出すかを知っている人だと思います。

そんなことができる人間は限られてくるのですが……」

たとえば医療関係者。そうした人間であれば、その作業は可能であるという。

だが犯人はなぜ血液を抜こうとしたのだろうか。

「おそらく体内に血液が残っていると、被害者の血液型が判明したり、DNA鑑定が可能になると思ったのではないでしょうか。でもそれは素人《しろうと》考えなんですね。たとえば、血液がなくても、骨髄や筋肉の組織、つまり核を持っている細胞が残っていれば、そうした鑑定はできてしまうんです」

切断された遺体には、身元をわからなくするための作業が施されていた。発見されたのは、頭部と胴体を除いた手足だったのだが、その手の指紋が削られ、掌紋《しょうもん》には傷がつけられていた。掌紋というのは、一般にはあまり知られていないが、手のひらにある紋のことで、指紋と同じように個人識別の材料となるものである。

つまり犯人は被害者の身元をわからなくするために、かなり綿密な手段を講じていたのである。だが結果的には、傷つけられた掌紋の一部が自宅に残されていた本人の掌紋と一致し、さらにその後のDNA鑑定などで、被害者の身元はわりあい早く確認されてしまった。

一見、手馴《てな》れた作業を行っているように見えるのだが、犯人の身元隠蔽《いんぺい》工作には、明らかに素人的な誤算があった。身元を隠すためには少なくとも掌紋を完全に削るべきだったし、血を抜いても科学的な身元鑑定は可能だということを知っておかなければならなかった。この事件には、こうした奇妙な二面性——用意周到さと荒っぽさ——が所々に見え隠れしているのである。

未発見の頭部と胴体

遺体処理の異様さに加え、佐藤教授を悩ませたのは、被害者の死因だった。結論から先にいうと、結局川村さんの死因を確定することはできなかった。

「今回のケースで最も奇妙なのは、その処理の異様さもさることながら、死因とか損傷の様子がまったくわからないことでした。死因としては、たとえば頭部損傷とか窒息などが考えられるのですが、それについては、頭部などの現物がないのでなんともいえない。ただ頭部や胴体が見つからなくても、たとえば毒物による中毒死だったら、骨髄からその証拠を見つけることができます。でもそうした物質は発見できなかった。

また一部で言われていたように死亡の原因が交通事故だったとしたら、遺体になんらかの傷が絶対にあるはずなんです。それもまったくなかった。生活反応がある傷、つまり生きているあいだに受けた傷と思われるのは、たった一カ所だけで、胸郭に属する軟部組織、肋骨《ろっこつ》の一部に付着している筋肉組織に、ほんのわずかな出血があっただけです。でもそれは打撲されるような場所ではないし、肋骨が折れているわけでもない。結局、なぜそこに出血が起きたのかを特定することはできませんでした」

死因と同様に、死亡推定時刻を正確に割り出すこともできなかった。

「われわれはふつう遺体をひとつの個体として扱ってますから、その個体が細かなパーツに分けられて、水洗いまでされているとなると、死亡時刻を推定することは非常に困難になります。そんな状況下でわかることといえば、筋肉の腐敗や残っている硬直の程度から判断して、『この遺体はそんなに古いものではない』、ということくらいなんです」

まったくわからない死因と、推定できない死亡時刻。新宿駅で元同僚と別れてから、井の頭公園で遺体で発見されるまでの三十四時間、いったい川村さんの身に何が起きたのか、少なくとも死因については、発見された遺体はなにも語ってくれなかった。

わかっているのは遺体処理の異様さだけである。だがもし手足の一部でなく、頭や胴体などが見つかっていれば、死因もある程度は判明し、犯人の手がかりもそれだけ増えたはずだ――と佐藤教授はいう。

ここでひとつの疑問が生じる。

犯人はなぜ手足の一部だけを入念に処理して、公園のゴミ箱に捨てたのだろうか。つまり結果的に頭部や胴体を隠しおおせることができたのなら、なぜ手足も一緒に〝その場所〟に遺棄しなかったのだろうか？

じつは当時の状況をよく検証すると、遺体の一部がすでにゴミと一緒に焼却されてしまった可能性があることが分かってきた。

それはこんな設定である。

第一発見者の女性清掃員の証言によれば、川村さんが失踪《しっそう》した日の翌日、二十二日の午後三時のゴミ収集時点では、不審なビニール袋はなかったという。つまりバラバラ遺体の入った袋は、二十二日のゴミ収集が終わった午後三時頃から、翌朝の九時頃までの間に捨てられていたことになる。

だが、もし犯人がその遺体の一部を、それより早く、たとえば公園の近くにある吉祥寺駅周辺のゴミ置き場に出していたらどうだろう？　平成六年当時、武蔵野市では月・水・金の三日を「燃えるゴミの日」と定めており、午前中に回収作業を行っていた。もし川村さんが二十一日の木曜日の深夜に何らかのトラブルに巻き込まれて殺害され、犯人が遺体処理を早めに終えて、二十二日の金曜日の朝に家庭用の生ゴミとして出していれば、遺体はその日のうちにゴミ収集車で回収されていたはずである。

回収された生ゴミは、市内にある「クリーンセンター」に運ばれて、その日のうちに焼却される。いったん焼却場へ入ったゴミは、「二千立方メートルのゴミが溜まるゴミピットに放り込まれた後、九百五十度の高熱で焼却され、すべて灰になってしまう」のだという。「人間の骨があったとしても何も残らないでしょう。事件当時には、捜査員の方も見えましたが、事情を聴いてあきらめて帰りました」（クリーンセンター職員）というから、捜査本部も一応その可能性を疑っていたようだ。

もちろんこれは、頭部と胴体が見つからない理由の仮説のひとつに過ぎない。またその仮説が正しかったとしても、逆に、なぜ手足だけを公園のゴミ箱に捨てたのかという疑問が残る。

もしかしたら犯人は、死因の跡がくっきりと残る頭部と胴体を先に捨て、〝処理の遅れた〟遺体の手足を、翌週月曜日の「燃えるゴミの日」まで待てずに、仕方なく公園に捨てたのだろうか？

犯人は数人のグループか？

いずれにしても犯人は、死因を確定できる証拠——それは犯人が逮捕された場合、殺人容疑の重要な証拠となる——を、どこか見つからない場所へ隠滅してしまった。では、その犯人とは、いったいどんな人物なのか。

佐藤教授は、機械的に切り揃えられた断片、きれいすぎる遺体、骨の切断面などから、その犯人像を大胆に推理する。

犯人は複数。しかもマインドコントロールされた人たちではないかという。

「犯人が複数だと思うのは、切断の仕方に数種類の特徴が見られるからです。遺体を切るにあたって、いきなり乱暴に手ノコをあてているところがあるかと思うと、鋭利な刃物で肉を切って骨を露出させてから、慎重に切断している個所がある。また骨のいちばん下まですっきり切っている所もあれば、途中まで切ってポキンと折っている個所がある。骨を折るのは、処理をしながら〝学習〟したということも考えられますが、少なくも三パターンくらいは明らかに異なった切断方法が見られるんです。遺体処理については、おそらく数人がグループを組んで、遺体を切る、洗う、梱包するというのを流れ作業的にやっていると思います。また、あれだけ大量の血を搾りだすには、大量の水が必要になりますから、ふつうの家の浴室というのは考えにくい。あの処理の仕方を見ると、元々準備されていた場所で、定められた遺体処理の手順にのっとって、冷静に行われたという感じがします。

私は殺人事件などの場合は、必ず犯人と被害者の動きなどを頭の中でシミュレーションするんですが、それと同じように、この遺体処理の跡を見ていると、どうしてもそんな複数犯のイメージが浮かんできてしかたがないんです」

事件当日、解剖が終わって法医学教室に戻った佐藤教授は、捜査本部の刑事たちに解剖の説明をしたあと、その複数の犯人像についての意見を述べたという。

「そのとき私は、遺体の処理について、『これはマインドコントロールされている人間たち、たとえば過激なカルト教団に属する人間が、複数で、粛々とやった行為だと思う』と言いました。私が知っている限り、これほど緻密《ちみつ》で異常な遺体処理をやっている例は、世界の犯罪史上でも類を見ないんです。そんなことができるのは、なにか宗教的な背景があるグループでしかない。たとえばちょうどその頃、九州で美容師のバラバラ殺人事件がありましたが、これほど緻密には遺体を切断していません。通常のバラバラ殺人事件であれば、運ぶのに便利なくらいに切って、それを撒《ま》き散らかしていくのがふつうなんです」

この佐藤教授の説が正しいとしたら、生前の川村さんが、どこかの過激なカルト教団と、何らかのかかわりを持っていたことが前提となる。

実は、いまでも吉祥寺の街では、「奥さんが在家信者で、脱会させようとした夫が殺された」という根強い噂《うわさ》がある。しかし川村さんの妻が何かの新興宗教の信者だったという事実はない。あるとすれば、妻も知らないところで、川村さん自身がそうした団体と接触を持っていたということになるが……それは、まったく根拠のない憶測である。

しかし佐藤教授は、もし被害者の川村さんとカルト教団とのあいだに何の接点もないとしても、〝間違い殺人〟という可能性があるのではないか、と指摘する。

たとえば、教団から脱会しようとしたある人間を抹殺しようとして、顔姿が似ている川村さんを拉致《らち》し、殺してしまったとする。彼らは殺してから別人だったことに気がつくが、遺体が見つかるのがマズイことには変わりがないので、遺体の処理はあらかじめ準備された手順にしたがって粛々と行う。いわずもがな、複数による、冷静で機械的な、遺体処理作業である。

無論これもひとつの仮説に過ぎない。だが、怨恨《えんこん》による殺害という線が消え、事故の形跡も見当たらないとなると、我々が思ってもみないトラブルに川村さんが巻き込まれた可能性は十分ある。何の手がかりもなく、捜査が行き詰まった今となっては、なおさら、そう考えざるを得ないのだ。

とにかく真実が知りたい

事件の翌年、『心事の軌跡』という本を出版し、被害者の家族の悲痛な思いを世に訴えた川村さんの父親は、事件の解決を見ることなく平成九年に他界した。

当時の川村さんは、親と一緒に住む二世帯住宅を自らの設計で新築したばかりだった。残された母親は、「もう事件のことは思い出すのも嫌。ただ事件の解決を、警察と神様にお願いしているだけです」と語る。

川村さんの妻は、事件のあった年の秋に二人目の子どもを出産した（事件当時は妊娠中だった）。今ではその二世帯住宅を出て、親子三人、別の街でひっそりと暮らしている。彼女は重い口を開きながら、整理のつかない胸のうちを語ってくれた。

「事件当時は、自分が疑われていることにも気がつきませんでした。本当にふつうの日常のなかで起きた事件だったので、私自身、何が起きたのかよくわからないくらい混乱していたんです。事情聴取ではいろいろなことを訊《き》かれましたが、捜査の手順として身近な人間から疑っていくという話をきいて、納得していた部分もあります。捜索願いに関しては、私としては、外泊したことのない主人が帰宅せず、翌日会社でも連絡がつかなかったので、心配になって、その日の夕方に届けを出しただけなんです。それが早いと言われても……。

事件の心あたりは……まったくありません。夫婦仲も良かったし、トラブルもなかった。もちろん、私が新興宗教の信者だったわけでもありません。なにかあれば事件解決の糸口になるんでしょうが、本当に（心あたりは）なにもないんです。

ただひとつだけ、警察の方から、主人が寄り道をするところがあったのではないか、ということを訊かれました。会社の人に送ってもらったときに、途中でクルマを降りたことが二、三回あったそうなんです。それは私の全然知らないことでした。場所は高井戸の方らしいのですが、それも頻繁にあったわけではなく、警察でも、それから先の足取りはわからなかったようです……。

事件の後は、とりあえず子どもを育てていくことで精一杯でした。一刻も早く犯人が捕まって欲しいという思いはあるんですが、そこに引っ張られていては、子どもたちも日々成長していきますし、私を含めて前進できないような気がするんです。だからある程度、割り切って生活するようにしています。

でもあの事件が起きたときから、いったい誰がなんのためにこんなことをしたんだ、という疑問が頭から離れることはありません。犯人が憎いだとか、そんな思いよりも、とにかく本当のこと、真実が知りたいんです。なぜわたしたちがこんな目にあわなければならなかったのか……。そういう意味では、あれから五年がたちますが、私にとっては、あの事件のところで、時間はずっと止まったままなんです……」

覆《くつがえ》せない「物語」、最重要容疑者は何故釈放された

──京都「主婦首なし」殺人事件

「最初は、よりによってマネキンをこんなところに捨てるやなんて、タチの悪い業者もおるもんやなあ、と思いました」

普段はほとんどひと気のない京都府船井郡和知町の山中。現地の駐在所に通報した死体の第一発見者は、駆けつけた警察官を前にこう話した。

発見現場は、JR京都駅から山陰本線でおよそ五十五分の園部駅から、さらに車で一時間ほど走ったところに位置する鐘打川という小川のほとり。平成七年四月二十九日午前十一時四十分頃、府内福知山市在住の七十歳の会社員が、家族を連れて山菜採りに出かけたところ、小川の岸辺に横たわっている色の白い女性死体を発見した。

川は未舗装の町道から二・五メートルほど下ったところに流れ、水深二十センチ。一・五メートルの川幅に木板が掛けられ、向こう岸に渡れるようになっているが、死体は上流に足を向ける恰好《かっこう》で、その木板のすぐ脇《わき》に遺棄されていた。身長百六十センチ足らず、上半身裸で、下半身は薄い灰色地に茶色の格子《こうし》柄《がら》のキュロットスカートとパンティストッキングを履き、裸足《はだし》だった。が、首から先と両手がなかった。

首と手首の切断面からはなぜか血も流れておらず、身体は綺麗《きれい》なまま。カラスなどに食い散らかされた様子もなく、腐敗もしていない。第一発見者が思わずマネキン人形と見間違えたのもこのためだった。死体は、まるで殺害後、切断された直後に血抜きされたような状態だった。

京都府警はすぐに殺人事件と断定し、地元園部署へ捜査本部を設置。捜査一課と園部署から五十人の捜査員が投入された。ほどなく、被害者は田中久美子《たなかくみこ》さんという主婦と判明。兵庫県東部、三田《さんだ》市内の平島病院に午前中だけパートで勤めていた四十四歳（当時）の看護婦だった。

当初、捜査は順調に進んだかに見えた。

捜査本部は、関係者の証言などから、当時、久美子さんが妻子ある四十五歳の会社員、谷村耕治（仮名）と不倫関係に陥っていたことをつかみ、間もなく谷村が容疑者として浮上。男女間の痴情のもつれによる殺人事件と見て内偵捜査を続け、事件発覚から四カ月後の九月一日、谷村を殺人並びに死体遺棄の容疑で逮捕した。

逮捕時の捜査本部の調べでは、久美子さんは、死の直前まで谷村と二人きりでラブホテルにいたことが発覚。さらに、谷村の乗っていた自家用車から血痕《けっこん》まで検出され、事件は単純な殺人として、全面解決するかに見えた。

だが、その後、谷村は無罪放免。処分保留のまま釈放され、翌平成八年三月には、京都地検が不起訴処分を下したのだ。以来、久美子さんの頭も両手も発見されず、凄《せい》惨《さん》なバラバラ殺人事件は、今も未解決のままである。

「覚悟の駆け落ち」の末に

被害者の田中久美子さんは、砂丘で有名な山陰の鳥取県生まれ。米子《よなご》市の定時制高校に通いながら看護婦の資格を取得し、市内の病院に勤務していたが、二十歳前に病院に出入りしている薬品業者から兵庫県内の病院を紹介され、三田市に移り住んだ。まったく見知らぬ地だったが、成人式も三田市内で済ませた。後の夫とは成人式で知り合ったという。夫は、同市の自動車学校に勤務。事件当時は、大学生の長男と専門学校に通う次男、高校生の長女、それに夫の両親と祖母の八人で暮らしていた。大家族だが、平凡なサラリーマン家庭である。

三田市は、元は三万六千石の城下町だったが、明治以降開拓され、中心部を少し離れると、田畑や牧場が見られる。兵庫県の名産としては、全国的に神戸牛が有名だが、同市はその神戸牛の産地であり、地元ではこの牛のことを三田牛と呼ぶ。近年、神戸や大阪のベッドタウンとして人口が増えてきたものの、とはいっても片田舎の小さな町であり、それだけに住人同士は知り合いであるケースが多い。

久美子さんが、谷村と交際するようになったのも、そんな土地柄だったからかもしれない。

相手の谷村は、市内の生コン会社でミキサー車の運転手をしていた。妻と三人の娘がいる。家庭は円満だった。

「奥さんと結婚する時には、お互いの両親が反対したとかで、随分大変やったみたいです。でも、夫婦仲は円満で、町内運動会なんかの行事にも、必ず夫婦そろって参加してました」

と、二人の古くからの知人の一人は振り返る。

「もともと二人は家族ぐるみの付き合いやったみたいやわ。彼女の旦那《だんな》さんも谷村さんの幼なじみやったし、お互いによう知ってはった。最初、谷村さんは久美子さんが勤めてた病院の看護婦と付き合うとったみたいやけど、乗り換えたんやと聞いています。彼女は、どうも舅姑《しゅうとしゅうとめ》との関係がうまくいってへんかったみたいで、夫婦の別れ話も出ていました。それで、二人はこっそり付き合うようになったみたいです。けど、むしろ熱を上げとったのは彼女の方やったかもしれませんね」

二人の関係は十年以上続いた。

そもそも、捜査本部が谷村に注目したのも、やはり、彼が久美子さんの不倫相手だったからに他ならない。捜査員の一人が言う。

「久美子さんの友人関係の聞き込みをしていくうち、彼女が同僚の看護婦に、〝谷村さんに金を貸してあるんやけど全然返してくれへん〟とこぼしているのを聞きつけた。それで、金融機関を調べていくうち、二人の関係がはっきりしてきた」

そして、事件直前の平成七年四月二十六日午前八時過ぎ、久美子さんは、

「(鳥取県内の)実家へ法事に行く」

と言い残して、自宅を出た。捜査本部は、これが、久美子さんにとって覚悟の駆け落ちだった、と見ていた。

「彼女が、一カ月前から数回に渡り三田市内の金融機関から預金を引き出していたことも確認しとる。この預金は、ご主人に内緒で彼女がせっせとため込んだへそくりだった。預金通帳は何種類かあり、合計すると事件の前に三百万円ぐらい引き出されとった。恐らく、これは彼女が自由にできる全財産だったはず。この金で、谷村と新しい生活を築こうとしたと見て間違いない」

とはいえ、この時点では、まだ夫をはじめ、実家でも、こうした久美子さんの行動

には気付いていなかった。

「女房が家を出たときには、もう私が勤めに出かけた後でしたから、何時に出発したのかさえ知りません。でも、数日前から、実家の法事に行くと聞かされとりましたから、その晩や次の晩に帰って来んでも、あの頃は何も不思議には思いませんでした」

と夫は複雑な表情で言葉少なに語り、実家の母親はこう肩を落とす。

「ちょうど、四月二十七日が父親の命日だったですけ、〃たまには一人で帰ってきたらどうね〃って何日か前に電話で娘と話しとったんです。娘は結婚してから、次々と子供が産まれ、お舅さんの世話もせないかんかったんで、なかなか一人で里帰りなんかできませんでしたから。それで、あん時は帰って来るとばっかり思っとったんです」

二十六日、久美子さんは自宅を出た後、午前九時に谷村と落ち合った。二人は、あらかじめ三田駅前のバスロータリーで待ち合わせ、谷村がロータリーで待っている久美子さんを自家用車に乗せた。三田市の真北に当たる京都の福知山へ向かったのである。

消息が途絶えた場所

実は、その駆け落ちの最中、福知山から鳥取の実妹宛《あて》に手紙が届いていた。しかも、手紙の消印の日付が二十六日当日なのだ。

「騒動でうっかりして、後になって手紙に気付いたのですが、姉から私のところへ届いた封書には、福知山郵便局の消印が押されていました。中身は、姉の預金通帳と郵便局に備え付けられているオレンジ色のメモ用紙。そこへ走り書きされたメッセージがありました。その通帳の記録を見ると、姉が自宅を出た前日の二十五日、三人の子供たちの口座と自分自身の口座へ十万円ずつ、合計四十万円が振り込まれていました。

メッセージは、〝ご迷惑をかけるけどよろしくお願いします〟とだけ。子供たちへの振り込みはせめてもの姉の償いの気持ちだったのではないでしょうか。また、通帳を送ってきたのは、何か必要があったら、この口座からお金を使って欲しい、という気持ちだったのかもしれません」

やはり、久美子さんは初めから実家へ里帰りする気持ちはなかったようなのだ。彼女にとって、実家の法事は、駆け落ちのチャンスをうかがうための口実に過ぎなかったのかも知れない。

かたや、谷村も口実をつくっていた。捜査員が話す。

「奴《やつ》は嫁はんに対して、〝二十六日から東京へ出張になった〟と嘘《うそ》をついていた。勤務先には二十八日まで休暇届けを出している。二人で旅行でもするつもりだったのではないか」

事件はこの旅の最中に起きた。

三田から福知山へは八十キロあまりの距離だが、実際に車で走ると、山道であるため二時間以上かかる。むろん、その間、久美子さんと谷村はずっといっしょだった。問題の遺体発見現場である和知町と福知山の直線距離、それはわずか三十キロである。

ロータリーから福知山に向かった二人は、途中、何度かコンビニエンスストアーに立ち寄っているが、福知山に着いたのは昼頃だった。逮捕後、谷村は、捜査員に対して、〝レストランで昼食をとり、市内でパチンコをして、いくらか儲《もう》けた〟と話している。

夕方になって、二人が車で向かったのは、福知山市内のラブホテルだった。ホテルは、福知山市郊外の峠に並んでいるうちの一軒だが、人目に付かないようにするため車で乗り入れる、いわゆるモーテル。途中、

「今日はうちは何もせんからね」

と谷村は彼女にクギを刺された。谷村はそこまで供述していた。

そして、このラブホテルへのチェックイン以降、彼女の消息はプッツリ途絶えてしまっているのだ。

久美子さんの家族や実家の親族が不安を覚え始めたのは、その二日後の二十八日。

その夜、母親が法事で実家にいると思いこんでいた高校生の娘が、鳥取の祖母に電話をかけた。

「おばあちゃん、お母ちゃんがそっちにいるやろ、ちょっと電話口に出して」

「何ゆうてるの、来とらんよ。一体、どういうことなんやろうね……」

久美子さんが家を出発して二日も経《た》った後のこんなやり取りだっただけに、妙な胸騒ぎを覚えたという。

家族たちの不安は的中した。電話のやり取りがあった翌朝の午前中には、死体が発見され、テレビや新聞が大々的に報道。親族はみな、まさかと思い続けながら、数日後には否応《いやおう》なく久美子さん殺害の事実を知らされたのである。

遺体の状況から、久美子さんは殺害直後か、あるいは仮死状態のまま、鋭利な刃物で胴体から頭と両手首が切り離されたものと見られた。司法解剖の結果、死亡推定時刻は二十六日深夜から二十七日の未明と判明。二人がラブホテルにチェックインした直後の出来事だった。

すでに捜査本部は二人の足取りをつかんでいた。そのため犯行現場をラブホテルと睨《にら》み、同年九月一日、京都府警捜査本部は、谷村の逮捕に踏み切った。むろん、自信満々だったはずである。

「血痕」と「物証」と

ところが、あくまで結果的に見れば谷村はシロ。勾留《こうりゅう》期限切れの九月二十二日、処分保留のまま釈放され、翌年三月には、当時の牛尾道治・京都地検次席検事が、「公判を維持するための十分な証拠が得られなかった」という簡単なコメントを残し、不起訴処分の判断を下したのだ。

以来、捜査体制は極端に縮小され、現在は形ばかりに園部署に捜査本部の看板を掲げているに過ぎない。当初五十人いた専従捜査員はゼロ。もっぱら情報提供を待つばかりで、積極的な聞き込み捜査もおこなっていない。

一体なぜ、こんなことになってしまったのだろうか。

捜査本部の最大の誤算は、谷村から肝心なところで自白を引き出せなかったことだが、むろん、捜査本部もただひたすら自供を待っていただけではない。

実は、谷村の逮捕時、捜査本部にとって、有利な材料もかなりあった。その一つが、新聞などでも報じられた「谷村の乗用車から検出された血痕」である。

「後部トランクからわずかな血痕が検出されたんだ。逮捕後の調べだったから、事件後すでに四カ月以上経過し、その間、谷村はトランクの中を念入りに掃除して血も念入りに拭《ふ》き取ったらしく、とても肉眼ではわからへん。でも幸いやったのはトランクの下敷きがカーペットだったこと。毛羽だっているから、拭き取り切れんかったんや。その下敷きから反応が出た。血液型も仏さん（被害者）のAB型と一致した。これだけでも、かなり行ける、思ったんやけど、残念ながら血が古すぎてDNA鑑定でけへんかった」

もう一歩のところだったと捜査員は悔やみ続ける。

しかし、それだけではない。

捜査本部は、谷村の逮捕後、自宅を大々的に家宅捜索した。この際、ある重要な「物証」を発見したのだ。

「奴の嫁はんの立会いの下で、自宅や庭などの一斉捜索をやった。その中で、最も収穫があったのが、庭にあった焼却炉の中身やった」

自宅の家宅捜索は、事件から四カ月経った逮捕後。しかし、京都府警にとって幸運にも、焼却炉の燃えカスは何カ月もたまったままだった。そのため、残った灰や燃えカスをすべて取り出し、篩《ふるい》に掛けた。

その後、京都府警の捜査員たちは、それら大量の残留物を捜査本部に持ち帰ったが、彼らにとって、

「ひょっとすると、これらの燃えカスの中に久美子さんの持ち物があるかもしれない。谷村はそれを自宅に持ち帰ったものの、困って慌《あわ》てて焼却炉で燃やした物もあるんじゃないか」

と思われたものがいくつかあったという。なかでも問題だったのが、黒ずんだキーホルダーと溶けかけたサングラスの枠、それに金属製の留め金だった。

急遽《きゅうきょ》、捜査員は久美子さんの実家のある鳥取に向かった。母親が涙しながら思い返す。

「それまで何度も訪ねて来られた刑事さんがそれらを持って来ましたよ。一つ一つビニールの袋に入れられた燃えカスをテーブルいっぱいに並べました。全部女物やったわね。そんなかで、どうも娘が持っていた物とよう似とったのが、キーホルダーとサ

ングラス、それと留め金でした。

キーホルダーは、娘が家族でこっちに遊びに来た時、鳥取砂丘の売店で買うた物とそっくりやったし、サングラスは、孫娘がお母ちゃんの物や言うとりました。何とか言うブランド物やそうです。それに、留め金はよう見ると、ブラジャーのホックでした。布の部分が燃え、留め金だけが残ったんでしょうね。これも珍しい物で、娘が何十万円も出して買った矯正ブラジャーについていた留め金でした。なんで、こんな物が谷村さんの家の焼却炉から出てくるのか。やっぱり、谷村さんが娘をどうにかして持って帰った物を焼き捨てたとしか思えないんです」

捜査本部は、懸命にこれら三点の購入経路を追った。捜査員が明かす。

「購入先はすべて判明した。キーホルダーは鳥取砂丘の売店で売られており、サングラスは久美子さん自身が同じ型のものを三田市内の店で買うとった。製造元も割り出し、鑑定もやった。ブラジャーは三十万円の商品だった。もちろん、同じ型というだけで、彼女の物やとは断定できんけど、三点もそろって同型の物が谷村の焼却炉から出てくるとは、どうみても不自然極まりない話や」

取調べ官は、こうした「証拠」を元に、谷村を追及した。捜査員が話す。

「捜査本部では、すでに六月から谷村にターゲットを絞って捜査を進めてきた。その捜査の結果、逮捕した。そして、これだけの証拠を集めたんだ。つまり、彼以外に疑わしい人物は浮かんでこなかったということなんだ」

捜査本部では、六月に二度、谷村を参考人として事情聴取しているが、彼の供述は、この時と逮捕後でまったく食い違っている。

「六月の段階では、〝当日、彼女とは会っていない〟とまで言っていた。しかし、これが逮捕後、弁護士がつくと、供述がコロッと変わった。ラブホテルへいっしょに行った事実を認めたんだ。でも、それからが妙な話になってきた。ラブホテルには行ったものの、その後、すぐにホテルを出て、夜の十一時に山陰の西舞鶴駅まで車で送り届け、そのまま別れたというんだ」

ここから、谷村と取調べ官との激しい攻防が、九月二十二日の勾留期限切れギリギリまで続いた。

「そんな馬鹿《ばか》な話があるか。では、そんな時間帯に彼女が誰かと待ち合わせていたとでもいうのか」

と捜査員が詰問すると、谷村は、

「それは知りません。ただ私は送ってくれといわれたから、そうしたまでです」

といった具合のやり取りが何度も繰り返された。

「じゃあ、焼却炉の燃えカスはどう説明するんだ」

「誰のものか、そんなものがあったのかどうかも知りません」

谷村は、取調べの最中、時に泣き出す場面もあったが、すぐに立ち直って同じ言葉を繰り返した。

「裏取り」のできない供述

彼には強力な「味方」がいた。山上益朗弁護士である。二十年来、狭山事件の再審弁護団主任を務めてきた弁護士として知られ、同事件では冤罪《えんざい》を訴えてきた。この山上弁護士が谷村の弁護人として、捜査当局と対峙《たいじ》し、辣腕《らつわん》を振るった。

そして、結局京都地検は不起訴という判断を下したのだ。山上弁護士が言う。

「本件は典型的な見込み捜査であり、警察当局による誤認逮捕です。そのことが時間を経て、一層明確になってきたということではないでしょうか」

実際、初動捜査に問題がなかったわけではない。捜査本部は、事件発生当初、犯行現場と狙《ねら》いを定めたラブホテルの室内を捜索。死体の第一発見者がマネキン人形と見間違えたように、切断面からは血が流れていなかった。仮に、死体を切断し、血を洗い流す処理をおこなえる場所となれば、浴室以外にない。そのため、捜査当局も浴室を入念に調べたが、ラブホテルの場合、部屋の回転率がよく、客が入替る度にプロの清掃業者が掃除をするため、残留物が洗い流されるケースが多いという。

「もし、ラブホテルの浴室で殺しがあったとしても、犯行後五日以内やないと残留物は検出できへん。ホテルを調べたんは事件後一カ月ほど経過してからやったから、最初から難しかったかもしれん」

と捜査員。結果、ホテルの浴室からは血液反応はまったく検出されなかった。

一般論をいえば、犯行現場を特定しなくとも容疑者を起訴することは可能だが、やはり殺人事件では捜査サイドにとって大きな痛手には違いない。

捜査員の無念はいまだ晴れない。

「谷村は、取調べに対して、誰にも裏取りのできないような内容を供述しとる。ラブホテルを出て二十六日夜十一時に彼女を西舞鶴駅に送った後は、夜通し車で走り続け、次の日は別のラブホテルで寝てから家に戻ったと言っとる。こればかりを繰り返し、後は知らぬ存ぜぬ。むろん、これでは奴《やつ》にとってアリバイにもならん代わりに、逆にこちらも供述を覆《くつがえ》すことができん。逮捕直後、我々は向こうに〝これだけの証拠があるから正直に言え〟と伝え、最初は向こうもしおらしくうなずいとったんや。でも、それは失敗やったかもしれん。もしかすると、それで向こうはこっちの手の内を読んだんやないか。今にして思えば、奴の供述はそうしたこちらの足下を見た上で、作り上げたシナリオなんじゃないか、と思えてならんのです。それでも、これだけの状況証拠があれば起訴して法廷で争うことはできたんやないか。奴があくまで不当逮捕というなら、国家賠償請求でも起こしてもろうて、民事ででもいいからシロクロつけたい気持ちです」

現在、谷村は夫婦円満に暮らし、一方、久美子さんの遺骨は夫の田中家の墓に納められている。事件以来、谷村が田中家を訪れたことは一度もない。

「行きずりかストーカーか」、見過ごされた殺意

——柴又「上智大生」殺人放火事件

京成金町線の柴又駅を降りると、あたりには昔ながらの煎餅《せんべい》屋や土産物の店がひっそり軒を連ねている。「寅さん」で知られる帝釈天《たいしゃくてん》への参道をポツポツと歩く観光客の流れとは逆に、住宅街へと向かう。送電線の鉄塔がそびえ、狭い路地を挟んで木造アパートや町工場がひしめくように居並ぶ一角に、ぽつっと空地があった。

照りつける陽射《ひざ》しに土は白く乾き、砂利の隙間《すきま》から夏草がおい茂る。周囲には柵《さく》がめぐらされ、時までも封じこめられたよう。通りに人影もなく、しんと静まり返ったこの空地の過去を物語るのは街角に置かれた警視庁の立て看板だった。すでに三年の時を経て、なおも続く「柴又女子大生殺人放火事件」の捜査に協力を呼びかけていた。

平成八年九月九日。その日、東京は昼過ぎから激しく雨が降り続いていた。午後四時四十分頃、葛飾《かつしか》区柴又三丁目の会社員、小林賢二《こばやしけんじ》さん（五〇）＝当時、以下同＝方から出火。木造モルタル二階建て住宅の約九十平方メートルを全焼した。隣家からの一一九番通報ではしご車などが出動し、同六時には鎮火。金町消防署員らが二階を調べた結果、両親の寝室の六畳間から、次女で上智大学外国語学部四年の順子《じゅんこ》さん（二二）の遺体が発見された。

順子さんは白い横じまシャツに黄色の短パン姿で、口と両手、両足を粘着テープ、さらに両足をストッキングで縛られ、首の右側を数カ所刺されていた。下半身にやけどを負っており、粘着テープで縛られた両手には争った時にできる刃物傷が複数あり、犯人に襲われた際に激しく抵抗したと見られる。

発見時、意識はすでになく、葛飾区内の病院に運ばれたが心肺停止状態で死亡。着衣の乱れや乱暴された形跡はなかった。順子さんは横向きに寝かされ、上半身には頭から夏用の掛け布団《ぶとん》がかけられていた。布団は出張中の父親が帰宅後すぐに休めるようにと敷かれていたもので、敷布団には血痕《けっこん》がついていた。

小林さん宅は四人家族。事件当時、母親と姉も仕事に出ており、自宅には順子さん一人だった。午後三時五十分頃、母親の幸子さん（五〇）が美容院のパートに出かける際に声をかけると返事があり、玄関の鍵《かぎ》をかけずに外出した。犯人はその直後に侵入して順子さんを殺害し、証拠隠滅などを目的に放火。出火は午後四時三十五分頃とみられ、わずか四十五分間の凶行となった。

目撃された複数の不審者

江戸川区内の女子高から上智大に進学した順子さんは、事件二日後の十一日から米国・シアトルに留学する予定だった。大学時代は、一年の時から地方の中学生に英語を教える「サマー・ティーチング・プログラム（STP）」というサークルに所属し、ゼミでは「東南アジアの文化」を専攻。成績はほとんどがAで、留学の選考試験も上位に入り、第一志望のシアトル大学にすんなり決まった。

当時、彼女はアメリカに留学中の先輩と三年越しの交際が続いていた。「留学すると彼に会えていいね」と友だちに冷やかされても、「デートをしに行くんじゃない」と憤慨するほど生真面目《きまじめ》な性格だったという。ゼミの同級生らによると、家庭教師のかたわら、地方放送局でアルバイトもしており、明るくて人に嫌われるような女性ではなかったそうだ。事件の十日ほど前にもクラスの友人に「帰国後は映画の仕事に就きたい」と楽しそうに話し、前日の八日には、中学の同級生の悩みの相談に深夜から翌朝までつき合った。そして、当日は一人で留学の準備をしていた。その最中の惨事だった。

警視庁捜査一課は亀有署に特捜本部を設置し、翌十日朝から、東京消防庁と合同で小林さん宅の現場検証を開始。現場周辺での目撃者探しにも全力を挙げた。

出火直前、小林さん宅近くから傘もささずに柴又駅方向に走り去った二十代後半から三十代の白っぽいシャツの男。事件当日に午前中から現場付近をうろついていた中年男。三日前の昼過ぎには、近くで複数の家に勝手に入り込もうとしたり、門前でライターをいじったりするなど不審な行動をとる男性もいた。こうして複数の目撃情報が寄せられたが、いずれも犯人逮捕には結びつかなかった。

一方、司法解剖の結果、順子さんの死因は出血死で、動脈と静脈を切る首の深い傷が致命傷となった。傷口の形状などから、凶器は刃渡り約八センチ、刃幅約三センチの鋭利な片刃の小型の刃物とみられる。

さらに、現場検証の結果、火元は東側一階の六畳和室付近と判明した。順子さんが発見された二階の両親の寝室には物色された跡はなく、洋服ダンスの中の預金通帳もそのまま。隣の順子さんの自室では、米国留学のために用意されていたリュックサックの中にあったクレジットカードや千二百ドル相当のトラベラーズチェック、約六千円の現金も手つかずだった。

こうした状況から、特捜本部では恨みによる顔見知りの犯行の可能性もあるとみて交友関係の洗い出しをしたが、まじめな彼女に恨まれる理由は見当たらない。現場で凶器も発見されず、家が全焼したため、物証はほとんどなかった。

恨みによる〝顔見知り〟の犯行なのか。それとも〝行きずり〟の犯行か。見えない動機、絞りきれぬ犯人像の前に捜査は難航し、三年の歳月が流れていた。


「明らかに本人を狙《ねら》っている」


東京・霞《かすみ》が関《せき》の警視庁には事件当時から特捜本部が設けられている。事件の進展をたずねても、目新しい情報は無いという返事だったが、ある捜査関係者はこう語った。

「これは通りすがりの犯行でも、普通の物取りでもない。亡《な》くなった女子学生と犯人との間には何らかの因果関係があるのでは」と。

その背景には四つの点が指摘される。
①物やお金は何も盗まれておらず、乱暴された形跡もない。
②人目につきやすい夕方にかなり短時間で犯行を行なっており、事前に被害者の家の状況を把握していた可能性がある。
③遺体に布団をかけているのは、犯人の被害者に対する良心の咎《とが》めや、可哀想《かわいそう》だか

らという気持ちの表れとも考えられる。

④殺害後の放火はほとんどが証拠隠滅を目的とするが、相手を殺害した上、さらに焼いたという行為には被害者に対する犯人の強い感情も窺《うかが》われる。実際、殺人事件全体の一割ほどがこうしたケースにあたる。

こうした点から、警察では順子さんへの怨恨《えんこん》による顔見知りの犯罪という線で捜査を進めていたが、その一方では、〝ストーカー〟による犯行説も浮上した。

犯罪精神医学を専門とする北所沢病院理事長の作田明氏は、事件から一年後に柴又の現場を訪れている。当時はまだ焼け残った家も壊されておらず、建物はほぼ形をとどめ、玄関のドアもついていた。一目見た印象は「入り込みやすく、逃げやすい家」。なぜなら、小林さんの自宅は四つ角から道路に面して三軒目に位置し、犯行後もすぐ角を曲がれば駅の方へ逃げられるという安心感があるからだ。

だが、この立地では道路に面してすぐ玄関があるため、出入りが目撃されやすいという難点もある。空巣の常習犯ならば、路地から奥まった所に玄関があるような、周囲から見られにくい所を探す。しかも、物取りの場合は下見しているケースが多く、その家に誰もいないことを確認するはずだが、今回のようにあえて順子さんが一人でいる時間に入ったのは、明らかにその本人を狙っている可能性が高い。

「犯罪というのは、〝偶然そうなった〟などと最初から思わない方がよい。それ自体、意味を持っていると考えるのが自然なんです。彼女の留学とこの犯罪も関係があり、犯人はどうしても留学前に実行する必要があった。つまり、犯人にとっては、殺すこと自体が目的というより、彼女が日本にいれば殺す必要はなかったのかもしれない。自分の手元から離れていくことにどうしても耐えられなかったという動機があったのでしょう」

順子さんの遺体には最初あまり抵抗した跡が無く、叫び声なども聞かれていないことから、まったく見知らぬ相手ではないことが考えられる。遺体に布団をかけるのは、犯人にとって大事なものを隠しておきたいという思いがあり、さらに火をつけて燃やしてしまえば、最後は誰も彼女に触れることはできない。しかも、両手首を縛った粘着テープは、争ったときにできたとみられる傷の上から巻かれ、殺害後に縛ったらしい。犯人には相手が蘇生《そせい》するかもしれないという恐怖があったため、放火の過程で、万一、相手が逃げ出すことを恐れ、殺害を徹底させたのではないかという。

こうした推測から浮かぶ犯人像は〝気が弱くて大人しい人間〟。被害者とも密接な交際があったわけではなく、犯人にとっては非常に特別な存在だが、実際に交際を求めるようなこともできない。仮に順子さんの交際相手がアメリカにいることを知っていれば、もう二度と日本に戻ってこない可能性も恐れ、彼女を他人にとられるよりは自分の手で殺してしまえば、自分のものになると考えた犯人の心理が浮かんでくる。

「一方的に相手に愛情や好意を抱き、それが受け入れられないにも拘《かかわ》らず、自分の気持ちが相手に通じるのではないかという幻想から異性に接近する。しかし、それが裏切られると、相手を傷つけたり、殺したりすることもあえて辞さないのは、まさに〝ストーカー〟です。人によっては執拗《しつよう》に手紙を書いたり、尾行などの行動を起こすが、この犯人は本人に拒絶されることを恐れているからそういうことはしていないだろう。もしかしたら大勢いる友だちや同級生の一人かもしれないし、その人の感情は周囲にも気づかれていないと思う。中には本当に面識のない場合もあり、被害者である彼女に責任はまったくないでしょうね」

過去に似たような事件として浮かぶのが、平成四年、東京・国立市の住宅街で三十五歳の主婦が自宅で暴行され、殺害された事件。犯人は被害者の家の工事に入っていた職人で、一方的に主婦に愛情を抱いたばかりに強姦《ごうかん》・殺人に至ったケースである。

このように被害者との間に深い関わりが無くても犯行が起こりうるので、ますます犯人は不特定に広がり、どこに手がかりを求めていいかわからない。それが今回の事件の難しさにもつながると作田氏は指摘する。

こうして難航をきわめる捜査の陰で、順子さんの両親はほとんどマスコミの前に姿を現わすことはなかった。だが、娘の四回忌を一カ月後にひかえた頃、父親の賢二さんは胸に秘めた思いを静かにひもといていった。

「迷宮入りが一番恐い」

あの日、事件の第一報を聞いたのは、東北新幹線・新白河駅のホームであった。前日から栃木の那須《なす》で会議に出席しており、帰途についた新白河駅で構内呼び出しを受ける。同時に連れの携帯電話に会社から連絡が入り、「自宅が火事」であることを知らされた。

ちょうど妻はパートに出ている時間で、外出前に妻が不始末をしたのではと不安がつのる。ようやく近所の妻の友人宅に連絡が取れたのは新幹線に乗ってからのことだった。「どうも娘さんが怪我《けが》をしたらしく、金町中央病院に運ばれた」という話に、はやる思いで必死に病院の電話番号を探しあてた。

「看護婦さんに事情を話すと、ややあって院長らしい男の人の声に変わりました。その時にちょっと嫌な予感がしたんです。『実は娘さんは病院に運ばれた時には、もうお亡くなりになっておりました』と。途端に頭の中が真っ白になり、走る新幹線のデッキで呆然《ぼうぜん》と立ち尽くしてしまいました」

上野駅に着くと折りからの雨で車が渋滞することを考え、電車で京成高砂《たかさご》駅まで行き、そこからタクシーに乗った。それでも渋滞にまきこまれ、もどかしい思いでいると、我が家に着くはるか手前から赤く点滅するランプが見える。交通規制のためにタクシーでは近くまでは入れず、人波をかきわけて家の前まで駆けつけた。

消防隊の人に「小林です」と声をかけると、いきなり乗用車に乗せられ、そのまま走り出す。私服の刑事らしき人が同乗し、そこで娘が亡くなったのは単なる事故死ではなく、何者かに殺されたこと、しかも、火事が放火であることを初めて知らされた。

亀有警察署に向かうと、妻は三、四人の友人に支えられながら泣き崩れていた。本人はまだ娘が病院に運ばれたことしか知らず、「とにかく順子に会わせて」と泣き叫ぶばかり。賢二さんは別の部屋に呼ばれ、「警察としてはとにかく初動捜査が重要で、一刻も早く母親からも情報を聞き出したい」と言われ、意を決して妻のもとに戻り、辛《つら》い報告をした。

事情聴取が始まると間もなく、遺体が戻ってくるので柩《ひつぎ》を用意してほしいと言われ、ついには、葬儀社はどこにするかとまで聞かれた。混乱する頭の中で九年前に母親の葬儀を行なったS葬儀社が浮かび、そこへ手配を頼んだ。

しばらくすると遺体を確認することになった。妻はとても見に行ける状況にはなく、賢二さんと娘（長女）、義姉の三人で霊安室に向かう。柩のそばには線香が二、三本灯り、係の人は極めて事務的な態度で蓋《ふた》を取り除いて確認を求めた。

「とにかく別の人間であってほしいという私の最後の願いも空《むな》しく、そこに横たわっているのは順子の亡骸《なきがら》でした。きっと苦しかったであろうけれど、安らかに眠っている表情がせめてもの私たち遺族の心の慰めになりました。〝いったい誰がこんな目に。頼むから教えてくれ〟と、悲痛な叫びをぐっと喉元《のどもと》に抑えるのがやっとでした」

すでに夜の十時を回っていたので、その日の事情聴取は一応、打ち切りになったが、ふと我に返ってみると、帰る家が無い。思案に暮れていると、妻が入っているママさんバレーのチームメートの一人が、「私の家に来なさいよ」と声をかけてくれた。家族が三人も一気に転がりこんではと遠慮してみたものの、妻も友人の誰かと一緒にいた方が少しは気も紛れるだろうと思い、好意に甘えることにした。

翌日から本格的な現場検証と事情聴取が始まる。その合間をぬって、通夜《つや》・葬儀の準備と遂行、罹災《りさい》の手続き、生命・火災保険の請求、新居の手配と転居、預金通帳・キャッシュカード再発行、遺産相続なども慌《あわ》ただしく押し寄せてきた。

「警察では順子の日々の預金通帳の動きも見るのですが、あの子は一日千円、二千円単位で引き出して決して余分なお金を持つようなことはしなかった。アルバイトもコツコツやっていたので預金も八十〜九十万円くらいあって、親が子供の預金を遺産として相続することになったんです。さて、何に使おうかと悩み、娘が大学時代に英語を教えていた子供たちに寄付しようかとも考えましたが、家もすべて焼けてしまったので、先祖を含めて順子の仏壇を買うことになった。だから、今、我が家にある仏壇は順子が買ってくれたんです」

一番辛かったのは現場検証だった。作業が進むうちに血染めの布団や畳が出てくる。娘の部屋には両親が買い与えた旅行カバンが辛うじて焼け残り、パスポートや現金などの荷物がそのまま出てきた。高校時代からアメリカ留学を夢見ていた娘の姿が蘇《よみがえ》り、悲しみはつのるばかりだった。

「思春期になるにつれ、娘は父親との会話も少なくなってくる。家内から見れば性格がお父さんによく似ているからと言うんですが、娘もあまり私に積極的に話しかけるという性格ではなかったですね。父親としては寂しい部分もあったけれど、それも大人になっていく第一歩なのだと半ばあきらめの気持ちでおりました」

賢二さんの父親は左官職人で、歳《とし》をとってからの子供だったため、高校まで出してもらうのが精一杯だった。社会でも否応《いやおう》なく学歴コンプレックスを感じ、それだけに上智大学まで進学した順子さんは自慢の娘でもあった。

「とにかく彼女は、私にとって夢がふくらむ存在でしたね。だから、本当に残念だし、悔しいんですよ。でも、本人はそれ以上にもっと悔しかったことでしょう」

週末には警察に呼ばれ、事情聴取が行なわれた。恨みを受けるような心当たりはないか、最近、不審な電話は無かったか、急に態度が変わったような知人はいないかという質問に加え、順子さんの交友関係などをつぶさに問われる。もともと会話の少ない父娘関係では捜査に直結する情報も浮かばず、賢二さんは困りはてるばかりだった。さらに不審な人物が浮かぶと、その都度顔見知りではないかと確認されたが、いずれも思い当たる節はなかった。

「捜査を難しくしてる問題は二つあると思うんです。一つは、当時、ちょうど雨が降っており、もともと人通りも少ないこともあって目撃者がいないこと。もう一つは、やはり私たちには人様から恨みを買うような覚えがまったく無いことです。警察では怨恨関係の筋で捜査が進んでも、我々としては恨まれることは何もしていない。むしろ、どうしても〝行きずり〟という方に考えがいってしまうんです。たとえ順子に親にも話せない何かがあったとしても、彼女の身辺は全部洗い、それでも何も出てこない。我々としては怨恨とは思いたくないですよ」

しかし、ここ二年は警察との関わりも少しずつ減り、捜査の状況さえ今ではほとんど伝えられることはないという。

その間、家族の日々には少しずつ変化もあった。長女は事件前に結納を交わしていた相手のもとに嫁ぎ、夫婦二人だけの生活が始まる。犯人逮捕まではと残しておいた自宅は傷《いた》みも激しく、平成七年末に取り壊した。さらに二人はその翌年夏、長年住み慣れた柴又を離れ、一駅離れた隣町に移り住んだ。柴又は賢二さんが生まれ育ち、妻もあたたかな友人たちの心に支えられて暮らした町。それだけに遠く離れがたい思いがあった。あの忌《い》まわしい犯行が起きるまでは事件一つない穏やかな町だったと振り返る。

「今、一番恐いのは迷宮入り、時効です」

事件当時は新聞やテレビを見る余裕さえ無かったが、最近ではようやく落ち着きを取り戻し、日比谷図書館で事件に関する記事のコピーもとってきた。仏壇には朝晩お祈りをし、墓参りも毎週欠かさず続ける。「何か教えておくれ」といつも心に念じ、二人で合掌してきた。

「誰かが犯行をおかし、今もこの地球上で同じ空気を吸っている。そう思うと、ちょった、と人間不信に陥ってしまいますね。できうることなら私が娘の身代わりになりたかったと、今でも思うことがあるんです。事件直後はマスコミへの接触も禁じられ、お断りするのが精一杯だったが、今回は前向きに対応しますとお答えした。なぜなら、三年経《た》ってこういう状況になった今、事件が風化してしまうことが遺族にとっては一番辛いんです」

都内にある順子さんのお墓を訪れると、墓前には真紅のハイビスカスや可憐《かれん》なポーチュラカの鉢植えが並んでいた。花が好きだった娘のために母親が丹精して育ててきたものだ。彼女の一番好きだった花は秋桜。薄紅の花びらが野山をいろどる頃、遺された家族はそっと四回忌を迎えた。

平成十三年一月、父親の賢二さんから一通の手紙が届いた。事件の取材後、順子さんの命日が来るたびに家族の近況を伺ってきたが、予期せぬ候の便りに何ごとかと封を開けた。

そこには、小学五年生の頃の順子さんが鉛筆でていねいに綴《つづ》った可愛《かわい》い似顔絵入りの作文が同封されていた。昭和六十年に開催された「つくば万博」でのイベントの一つとして行なわれた二十一世紀の自分に宛《あ》てたメッセージだった。

「15年後のわたしは、きっと子どもが2人くらいいて、家は2階だてのひろい家だと思います。かわいいねこを2ひきかっていて庭があり、その庭には木が3本くらいたっていると思う。子どもたちにかわいいスカートやポシェットなどつくってやっていて、平和な家庭だと思います。……」

両親にとっても思いがけず新年に舞い込んだ亡き娘からの手紙。十六年という長い歳月を経て、すでに受け取るはずの本人もいない家で、賢二さんは仏壇を前に妻と二人で開封したという。父親の気持ちはこうつづられていた。

「まさか、このようなものを書いていたとは想像もつきませんでしたが、それ以上に、この手紙を、このような形で読まなければならないことで、悲しみが再びこみ上げ、犯人への憤《いきどお》りを感じております」

いかに時を経ても、残された家族の悲しみは癒《いや》されはしない。愛する娘への思いは薄らぐどころか、なお一層、やり場のない苦悩となって、その胸をしめつける。

第二部　修羅たちは静かに頭《こうべ》を擡《もた》げ出す

「無期懲役」で出所した男の憎悪《ぞうお》の矛先

——熊本「お礼参り」連続殺人事件

「私の頭の中は、恨みを晴らす計画でいっぱいでした。このころ、私は大学ノートに自分なりに殺す相手、順序などを記入して計画を立てたのです。ノートに書き込んだ相手は三十人以上――。そこには相手の家族構成なども記していました」

昭和六十年七月、熊本県上益城《かみましき》郡甲佐町で起きた強盗殺人事件の犯人、当時五十五歳の森川哲行《もりかわてつゆき》は、逮捕直後、熊本県警の取調べに対してこう供述した。

平成十一年九月、この森川を含め、全国で三人の死刑囚の刑が執行された。前年十一月に同じく三件の死刑執行が行われて以来、およそ十カ月ぶりである。

東京拘置所に収監されていた佐藤真志《さとうまさし》（六二）は、昭和五十四年七月、東京都北区内の自宅アパート近くに住んでいた五歳の女の子に対し、路上で猥褻《わいせつ》行為を働いたうえ、さらに、その足でもう一人の三歳の女児を自宅アパートに連れこんでいたずらし、逃げようとした幼女の首を絞めて殺した。

また、仙台拘置支所に収監中だった高田勝利《たかだかつとし》（六一）は、平成二年五月、福島県内のやきとり屋で、鉄工用ハンマーで女性経営者の頭を後ろから殴りつけて殺害した。

二万五千円ほど入った経営者の財布をセカンドバッグごと盗んで逃走。殺害は、そのわずかな金目的だった。高田は行きつけのスナックホステスと東京へ遊びに行く約束をしており、その旅行費用をつくるため、やきとり屋の女性経営者を襲って、ハンマーでメッタ打ちにしたのである。

そして、三人目は熊本の森川死刑囚（六九）＝福岡拘置所収監＝。これら、三人の死刑囚には共通点がある。彼らは、ともに死刑判決の直接の原因となった犯行以前に、同じような手口で殺人を犯している。三人とも、かつて極刑に処されても不思議ではない、極めて兇悪《きょうあく》な犯罪をおこなっているのだ。

三人には、いずれも一回目の殺人事件で無期懲役の判決が下り、二回目の犯行は仮出獄中だった。いわば二次犯罪ともいえる。

一度目の犯行時、死刑判決が下れば、二次犯罪を防ぐことができたのは、むろん言うまでもない。少なくとも仮出獄がなければ、再び犠牲者は出なかったことになる。

となれば、最初に彼らに科せられた無期懲役刑とは、一体どのような役割を担《にな》っているのだろうか。一般には、無期懲役とは文字通り期限のない刑罰なのだが、それは終身刑という意味でもない。

刑法二八条には、

〈懲役又は禁錮《きんこ》に処せられた者に改悛《かいしゅん》の状があるときは……、無期刑については十年を経過した後、行政官庁の処分によって仮に出獄を許すことができる〉

と記されている。

無期懲役とは、服役者が永久に刑務所から出られないという刑罰ではなく、彼らはほとんど一定の刑期を経て仮出獄する。そして実際、仮出獄し、より一層兇悪な犯罪をおこなうケースが後を絶たない。つまり、一度目の事件で犯人と何らかの形で関わった人たちは、二次犯罪の恐怖にさらされることも多いのだ。

熊本で森川が引き起こした強盗殺人は、まさしくその典型的なケースといえよう。

七十六カ所の刺し傷

悲劇は、森川が死刑を執行される十五年前、夏の盛りの昭和六十年七月二十四日に起きた。事件現場は、熊本市の中心部から南へ二十キロほど離れた上益城郡甲佐町で、『甲佐砕石工業』という小さな工場を経営していた谷《たに》ミツ子さん（六三）＝当時、以下同＝の自宅だった。

その日、会社には、いつも必ず七時半に白色の原付バイクで出社していた谷さんの姿がなかった。そのため、午前八時二十分頃、男女二人の従業員が町内にある彼女の自宅を訪れた。すると、玄関横の車庫には、まだ通勤用のバイクがとめてあった。玄関には鍵《かぎ》がかかり、チャイムを何度鳴らしても応答がなかった。

事件の第一発見者となったのは、二人の従業員のうち、男性の方だった。

「仕方のう、裏庭に回ってみると、外はもうすっかり明るいとに、家の部屋には明かりがついちょるとです。おかしか、ち思うて、家の周囲をグルッと回ると、アルミサッシの出窓だけが開いとりました。そこから声をかけてみたけど全然返事がない。そんで、クーラーの室外機を踏み台にして窓から身を滑り込ませて六畳の部屋に入ると、そこはどうも娘さんの部屋んごとありました。足元には爪楊枝《つまようじ》が散らばり、目を廊下の方に向けると、床には点々と赤い血の固まりがついちょる。恐ろしかけど、廊下を通って、その先の八畳間の障子戸の入口に立ったとです。すっと、目に飛び込んできたのは、両足の足の裏を入口に向けたまま仰向けに倒れた、真っ赤な二つの死体でした」

男性従業員は、さすがに死体を凝視する勇気はなかったが、二人はまさしく血まみれで、男女の区別さえつかないほどだったという。

被害者は、谷ミツ子さんとその養女の則子《のりこ》さん。二人暮しの母子で、則子さんは二十二歳の若さだった。発見時、死体の上半身には、なぜかスカートやブラウスが乱暴にかけられていたが、二人とも全裸だった。

刃渡り二十センチの刺身包丁で、全身メッタ刺し。腹部や胸部など身体部分はもちろん、ミツ子さんにいたっては、頭のてっぺんにまで刺し傷があった。刺し傷は、ミツ子さんが四十一カ所、則子さんは三十五カ所、二人合わせると、全身七十六カ所に及んだ。

無期懲役囚、森川哲行が、熊本刑務所を仮出獄して、わずか一年半後の犯行だった。

二人の被害者のうちミツ子さんは、森川にとって叔母に当たり、もう一人の則子さんはその養女だから従姉妹《いとこ》になる。ミツ子さんは、森川の別れた妻・妙子さん（五五）＝仮名＝の母親・ハツメさんの弟・谷末則氏（故人）の妻。一方の則子さんは、ミツ子さんの弟・伊津野武男氏（五四）の長女として生まれ、その後子供のなかった谷末則・ミツ子夫妻の養女になった。

親戚《しんせき》とはいえ、二人とも森川とは血のつながりはなく、付き合いもまったくなかった。とりわけ、若い則子さんは、森川とは一面識もないどころか、名前さえ知らなかった。

にもかかわらず、二人は、なぜこんな無残な殺され方をされなければならなかったのか。そもそも、事件は森川とその元夫人の妙子さんとの別れ話が発端だったのだが、それは後述する。

森川は、昭和五年四月十日、熊本県中央部の有明海に面した飽託《ほうたく》郡天明町海路口で、森川安雄氏の三男として生まれた。元来、天明町は漁師町であり、かなり気性の荒い土地柄だったという。

「今でこそなくなったばってん、昭和の初め頃までこの辺りではバチ祭りという夏祭りが名物やったとです。太鼓のバチをもじって名づけられた祭りですけど、男衆がバチを持って殴り合って戦うとです。祭りでは腕や脚の骨が折れるんは当り前。顔を叩《たた》かれて鼻までもげた人もいたほどでした。あんまり酷《ひど》かけん、戦後は祭りば、廃止されたとですが、そんだけ荒っぽいところでした」

今でも、地元の老婦人はこう話す。

森川の父・安雄氏も地元で魚介類や海苔《のり》漁をおこなっていたが、彼が二歳の時、些《さ》細《さい》な喧嘩《けんか》が原因で死亡している。

「恐らく漁師同士のいざこざでっしょうが、父親は喧嘩相手に千枚通しで刺され、亡《な》くなったと聞いちょります」（同）

父親の死後、母親は森川とそのすぐ上の兄・道雄氏（仮名）を残して家を飛び出し、別の男性と再婚した。残された兄弟は、父方の祖母に引き取られたが、祖母は森川が十歳の時に他界したため、父方の叔母である林田やすえ・政雄夫婦（仮名）の下で育った。

森川は母親の名前すら覚えていないという。不幸な生い立ちだが、引き取られた叔母夫婦の家は、比較的裕福な家庭だった。子宝に恵まれなかったこともあり、森川兄弟は大層可愛《かわい》がられたともいう。そのため、兄の道雄氏はまっすぐに育ったが、なぜか森川はグレた。

地元の銭塘《ぜんども》尋常高等小学校の高等科を一年で中退。終戦直前の昭和二十年五月十日、まだ十五歳の森川は、早くも傷害で逮捕された。この事件で阿蘇《あそ》郡の高森簡易裁判所から千円の罰金を科せられたのを皮切りに、前科七犯。同年十二月七日には、三重県の津地方裁判所において、傷害・横領の罪で、懲役六月の刑が下っている。

二十歳を過ぎると、家を飛び出して定職にもつかず、もっぱら全国の工事現場を転々とした。働いた飯場飯場で傷害沙汰《ざた》を起こしていった。福岡、兵庫、三重、愛知――、と全国いたるところで立て続けに傷害事件を起こし、刑務所とシャバを行ったり来たりする生活に堕《お》ちていった。

「まったくの下戸ですけん」

そんな森川が郷里の熊本に落ち着くようになったのは、妙子さんとの見合い話が持ち上がった昭和三十三年だったという。

二人とも、すでに年齢は二十七歳だったが、どちらも初婚。

相手の妙子さんの両親は、満州からの引揚者で、彼女自身も満州で生まれた。男四人、女四人という八人きょうだいの一番上の長女。大家族のうえ、引揚者だったせいで、終戦後家計はずっと苦しく、彼女は母方の伯父夫婦の元に預けられて育った。

妙子さんが預けられたのは、実母・森野ハツメさんの兄である故・谷三十郎夫婦の家だった。当時、三十郎氏は熊本市内でミシンの販売業を営んでおり、妙子さんもその家業を手伝ってきた。妙子さんは、森川とよく似た境遇に育ったともいえる。

終戦後の貧しい一時代を生きてきた二人だが、この結婚が大問題だった。

妙子さんの親代わりである谷三十郎氏は、昭和六十年に森川に殺された谷ミツ子さんの夫・末則氏の実兄であり、ミツ子さんの義理の兄にも当る。

結婚の仲人《なこうど》は谷三十郎氏とその妻だったが、結果的に、谷家の人々にとって、この二人の結婚が、後に大きな災いの元となっていく。

「たしか、（森川）哲行さんは、うちに出入りしとったミシンの営業マンから紹介されたはずです。最初は、大人しゅうてよか人に見えたとです。まさか、あげな前科があるとも思わんかったとです」

三十郎氏の未亡人は、当時を振り返りながら、ポツリポツリとこう話す。

「初対面で、〝酒ば、どんくらい飲むとな〟ち、お父さん（三十郎氏）が聞くと、哲行さんはちゃんと正座して、〝まったくの下戸ですけん、一滴も駄目ですたい〟ち、しおらしゅう答えとったのをよう覚えとります。人は見かけによらん、ってよく言うばってん、完全に騙《だま》されました。猫ばかぶっとったとでしょうね。だけん、いい人だと思うたとです。妙子も私らに遠慮があったとかもしれませんが、見合いして二つ返事で結婚を決めました」

二人は昭和三十四年一月に結婚。結婚当初は周囲からも祝福された。かつて森川に散々手を焼かされた叔母の林田夫婦は、二人のために家まで新築してやり、新婚生活が始まった。当初は森川が海苔の行商をして生計を立てていたという。

結婚した三十四年と翌三十五年、立て続けに二人の男の子が生まれた。だが、その安定した結婚生活は、そう長続きしなかった。

「長男が生まれてから、哲行さんはほとんど仕事もせず、遊んでばかりで、家計には一銭も入れんようになったらしか。それどころか、妙ちゃんの着物を片っ端から質草にして、あん娘は着るもんもろくになかったとです。その上、大酒食らいで、どうしようもなかった。焼酎《しょうちゅう》ば飲んでは、妙ちゃんに乱暴を働いて、あん娘は何度も死にかけたとです」

森川はもっぱら焼酎を好み、真っ昼間から飲み始めて毎日一升近くあけていた。長男が誕生した三日後、森川が午前中に出かけたため、産後の肥立ちの悪かった妙子さんが自宅で横になっていた。すると、昼過ぎ、酔って帰ってきた森川は、妙子さんの寝ていた布団《ふとん》めがけ、バケツに入った水をブチまけ、

「いつまで寝とるとか」

と怒鳴って、横腹を蹴《け》り上げた。

森川は、毎日のように彼女の髪の毛をつかんで引きずりまわし、殴る、蹴る、といった虐待《ぎゃくたい》は日常茶飯事。時にはナタを振り上げて妙子さんに襲いかかり、それを防いだ彼女の腕の傷が骨まで達していたり、包丁を首筋に突きつけられたことまであったという。

タバコの火を押し付けられて妙子さんの身体は火傷《やけど》だらけ。それでも、彼女は近所

に住んでいた叔母の林田夫婦に相談し、次男が生まれるまでは何とか我慢してきたが、

「しまいには、真冬の夜中、妙ちゃんは二歳になったばっかりの長男を抱いたまま、家の裏の小川に放り込まれたというのです。這《は》い上がろうとすると、頭を足で踏みつけられたそうです。これはいくらなんでも酷か。こげなことをされとったらあん娘は殺される――、そう思うて、お父さんが二人を別れさそうとしたとです」

と三十郎氏の未亡人。

しかし、皮肉にも、この別れ話が、最初の事件の引き金になったのである。

昭和三十七年夏、思い余った妙子さんは離婚する決心を固めた。子供たちを森川の兄・道雄夫妻に預け、彼女自身は実父の出稼ぎ先である山口県宇部市に身を寄せた。ところが、間もなく居場所を嗅《か》ぎつけた森川が後を追って来たため、彼女はやむなく熊本へ戻って仲人の谷三十郎夫妻へ相談し、本格的に森川へ別れ話を切り出した。

離婚の話し合いは、同年九月十五日夕方、熊本市内にある三十郎氏宅でおこなわれた。森川と妙子さん、それに彼女の実母のハツメさん、仲人の三十郎夫妻が話し合いに加わった。その場で、森川は、働きもせず暴力を振るうことをなじられると、

「それなら、金ば取って来る」

と言い残して、いったん三十郎氏宅を飛び出した。しばらく経《た》っても戻って来ない

ため、午後八時頃、妙子さんと母親のハツメさんは三十郎氏宅を後にした。当時、ハツメさんが住んでいた甲佐町の実家に戻るため、バス停に向かった。

するとバス停の待合室には、なぜか森川本人が待ち伏せていたのだ。意外にも、森川は、

「妙子としばらく話ばさせてくんしゃい」

と穏やかな調子でハツメさんに言う。そのため、母親も安心し二人で話し合うことを了解した。二人がハツメさんから少し離れた位置で、

「子供が可愛くないんか。帰ってきてくれ」

「子供は私が引き取りますから、もう別れてください」

と、二言三言の言葉を交わした。

その直後だった。

森川は、懐《ふところ》に隠し持っていた切り出しナイフを取り出し、

「ええい、くそ」

と呟《つぶや》いて妙子さんのわき腹を一突き。さらにもう一度彼女の胸を刺すと、妙子さんが悲鳴を上げてうずくまった。数メートル離れたところから、それを見たハツメさんが、慌《あわ》てて娘を抱きかかえようと近づいた。すると、森川は逆にハツメさんに向かっ

て突進した。

「これだけ言うてもわからんか」

と叫んで、今度は切り出しナイフでハツメさんの胸や腹を何度も突き刺した。ナイフは、妙子さんの肺や横隔膜を切り裂き、ハツメさんの傷は肝臓や胃を貫通していた。むろん二人とも意識はなく、救急車で病院へ運ばれた。妙子さんは何とか一命を取り止めたものの、ハツメさんは一時間後に出血多量で死亡した。

「金を取りに行く」

と言って、話し合いの最中に谷三十郎氏の家を飛び出した森川は、実はすぐに近所の『中村金物店』で凶器の切り出しナイフを購入。初めから、二人を殺すつもりだったのである。

罪状は尊属殺人ならびに殺人未遂。同年十一月二十二日、熊本地方裁判所で森川に下った判決は、無期懲役だった。

「無期懲役」の刑を経て
その判決理由を一部抜粋する。

〈被害者義母ハツメには被告人から殺害される程の怨恨《えんこん》をうける理由は見当らず、むしろ妙子に対して時に反省を促していた態度も窺《うかが》えるのであり、同女を妙子の道連れとして直ちに殺害するに到《いた》ったことについては同情されるべき余地は殆《ほとん》どない〉

〈無抵抗の同女らに対する……本件の凶器による殺害の態様など諸汎《ママ》の事情を綜合《そうごう》し、森川妙子に対する殺人未遂の罪については所定刑中有期懲役刑を選択するが、右尊属殺人の罪については所定刑中無期懲役刑を選択するのが相当である〉

日本では、犯人がいくつもの罪を犯した場合、刑法四五条の併合罪が適用される。簡単に言えば併合罪とは、犯人がいくら罪を重ねても量刑はその中の最も重い刑の一・五倍となる制度だ。有期刑の量刑は最長十五年であり、同一事件において何度犯行を繰り返しても、最高で十五年の一・五倍の二十二年六カ月の懲役で済む計算だが、さらに刑法一四条により有期の最高刑を懲役二十年以内と定めている。つまり、有期刑で二十年を超える懲役はないのだ。死刑を除けば、最高刑が無期懲役なのである。

こうして森川は、妻への殺人未遂と義母殺しで熊本刑務所に服役した。しかし、果たして、この事件で、判決にある無期懲役は本当に妥当だったのか。

森川は、後に引き起こした強盗殺人事件で熊本県警の取調べに対し、抜け抜けとこんな供述もしている。

「私がこの判決を受けたとき、拘置所の担当さん（注＝弁護士のこと）が、〝後で後悔するといかんから控訴した方がよい〟と言ってくれましたので、私は、この無期懲役の判決を不服として控訴したのです。控訴するための書類を裁判所に送り、福岡の裁判所から出頭通知がきたころ、（拘置所で）同房の男が、〝無期でも十年位経てば出られるのだから、早く行って、早く帰った方がよい〟と言いますので……、控訴を取り消し、無期懲役の刑が確定しました」

いずれ仮出獄できると考えた服役中の森川の頭の中を占めていたのは、復讐《ふくしゅう》の二文字のみだったのだ。

「服役して考えたことは……、谷一族に対する恨みでした。自由もなく一日が長くて辛《つら》い苦しい刑務所生活を送っておりますと、なぜ俺がこのような苦しい目にあわなきゃならんのか、と思うようになり……、妙子の母を殺したのも、（おじの）三十郎や末則が一方的に私を悪者にして妙子に別れるよう仕向けたからだと考え、谷三十郎と谷末則に対する憎しみが益々《ますます》募ったのです」

逆恨み以外の何ものでもなく、反省のカケラもない。

さらに、こうも言っている。

「ようし、出所したら、刑務所で辛かった分まで仕返しをしてやる、といった考えになっていきました」

この復讐心が、再び森川をより凶暴な犯行へと駆り立てて行ったのである。

第一の事件から十四年後――。

他の無期懲役囚と同じく、森川は熊本刑務所を仮出獄した。昭和五十一年十二月八日だった。森川は刑務所で更生するどころか、以前にもまして凶暴になっていた。

無期懲役囚が仮出獄する場合、必ず身元引受人が必要だが、その役割を引き受けたのは育ての親である林田夫妻だった。森川は、出所後、この叔母夫婦のところへ身を寄せた。

かつて妙子さんと住んでいた家は、事件後、林田夫妻がすぐに処分した。それでも、人のいい叔父の林田政雄氏は、服役中の森川に面会し、

「立派に務めを終えて出てきたら、住む家ぐらいは用意してやる」

と口約束していた。林田夫妻はしばらく出所後の森川の生活態度を見守っていた。だが、その生活ぶりは相変わらず。森川は仕事もせず、朝から焼酎を呷《あお》る自堕落な生活を続けていた。

「いつまでブラブラしよるとか。いい加減に仕事ば、せんか」

と叔母の林田やすえさんが森川を叱《しか》りつけると、

「家もないとに、そんな気は起こらん。約束が違うじゃなかか」

と開き直り、そこらにあった醤油《しょうゆ》のビンや灰皿を投げつけることはしょっちゅう。時には、騒ぎを聞きつけてやって来た実兄の道雄氏に対して、卵をぶつけた。

あげく昭和五十三年六月二十日。その日、いつものように叔母夫婦と口論になると、森川は、刺身包丁を振り回して、二人を追いかけ回した。あろうことか、育ての親であり、身元引受人にまでなってくれた叔母夫婦を殺そうとしたのである。

急遽《きゅうきょ》、連絡を受けた実兄の道雄氏が、たまらず一一〇番通報。叔母夫婦は危うく難を逃れ、やむなく警察に被害届を出した。

警察官に取り押さえられた森川は、わずか一年半で仮出獄を取り消される羽目になり、熊本刑務所へ逆戻りした。すると今度は、彼らに対する恨みまで抱くようになっていったのである。

「約束も守らず、私がちょっと暴れたくらいで警察に届け出た叔父夫婦と、事情も知らないくせに、警察に通報した兄・道雄を心のそこから恨みました。それとともに、一時は薄らいでいた妙子や谷一族に対する恨みが、またメラメラと燃え上がってきたのです。そして、これからの自分の人生を、私をここまで追い込んだ妙子や谷一族、それに林田夫婦や兄・道雄に対する復讐に生きようと決心したのです」（取り調べ時の

供述より）

もはや、異常という以外にないが、半面、これが兇悪犯の心理そのものなのかもしれない。

実際、その後の森川は、まさしくこの復讐心に従って行動していく。

記された「復讐ノート」

仮出獄の取り消しから六年も経っていない昭和五十九年二月一日。妙子さんとの結婚から二十五年が経ち、森川はすでに五十四歳の誕生日を前にしていた。森川は再び熊本刑務所を後にした。二度目の仮出獄である。

さすがに、森川は、叔母夫婦はもちろん、実兄にすら見放されていた。そのため、福岡県北九州市の保護観察施設『湧水寮』が彼の身元を引き受け、そこで暮らし始めた。原則として、仮出獄中の生活は施設が管理することになっている。『湧水寮』から紹介された市内の工事現場などへ働きに出かけ、収入や生活費などを寮で管理するというシステムだが、二度目の殺人は、この寮にいる間に計画された。

「まず、一番に殺したかったのは妙子です。私は当時義母・ハツメを殺すより、むしろ妙子を殺したかったのです。義母しか殺すことができなかったことについて、あんとき妙子も殺しとけばよかった、と悔やみもしました。妙子が、年下の男と再婚したということを聞き、俺を捨てて若い男をたぶらかした、と思い、嫉妬《しっと》みたいな気持ちもありました。恥ずかしながら、妙子に対する未練があり、これらの気持ちが入り混じって一段と憎むようになったのです」

　森川は後の取り調べでこう答えている。

　そして、殺人計画では、妙子さんの親類までターゲットにしていった。この頃には、仲人だった谷三十郎氏とその弟の末則氏はすでに他界していたため、狙《ねら》われたのは未亡人たちだった。

「二番目に殺したかったのは谷三十郎の妻でした。三十郎と同様、仲人でありながら私だけを悪者にして、妙子を私から引き離した。三番目は谷末則の妻、ミツ子。ミツ子に対しては特別個人的な恨みはありませんが、私に冷たく当り、妙子のことで相談にも乗ってくれなかった。また妙子を再婚させたのが末則で、ミツ子はその妻でした。末則に対する恨みが嫁のミツ子に変わっていったのです」

　それだけではない。森川の復讐心は、予想もつかない方向にまで向けられていった。

「四番目は妙子の叔母の田上ヨシエ（仮名）でした。ヨシエは、私の（尊属殺人）裁判のとき証人台に立ち、〝死刑にしてくれ〟と言ったのです。五番目は私の仮出獄を取り消させた林田政雄夫婦。叔母やすえにはいろいろと世話になっておりますが、政雄を殺す以上、叔母にはすまないが殺そうと考えました。その他、私が妙子と喧嘩《けんか》したとき、妙子に味方して私の肩を傘で突いた男、林田叔父たちといっしょになって私の仮出獄を取り消させた兄・道雄などです。また、不可能なので計画には入れませんでしたが無期懲役の判決を下したM裁判官も殺してやりたいと思いました」

森川は、『湧水寮』にいる間、こうしてターゲットをリストアップし、冒頭にあるように大学ノートに計画を記していったのだ。

驚いたことに、そのターゲットは三十人以上。大学ノートには、育ての親である林田夫妻や実の兄である道雄氏の名前まで、リストアップされていた。

森川は、リストアップしたターゲットそれぞれの住所を書き込み、殺害の手順から逃走ルート、逃走資金の調達方法にいたるまで、綿密な計画を立てていった。

「殺す順番は二通り考えました。まず、最初に妙子。妙子は長距離トラック運転手と再婚したと聞いていました。夫が仕事に出掛けたところを見計らって殺せば、夫は一日か二日は帰ってこないので、その間は殺したことが分からないと考えたのです。次に、谷ミツ子を殺し、その足で田上ヨシエを殺す。田上の家は、そのすぐそばに竹やぶがあり、人に見つかりにくいから殺しやすい。そのあと、谷三十郎の妻、林田政雄夫婦……、といった順序でした。もうひとつのやり方は、その逆です。妙子の正確な住所は分かっていませんでしたが、それらの計画をノートに書き込んだわけです。昭和五十九年の暮れでした」

そして、翌六十年五月三十一日、森川は計画を実行に移すため、『湧水寮』をこっそりと抜け出した。それまで寮の保護司に隠れて密《ひそ》かに貯《た》め込んでいた十五万円の現金を持って、熊本行きの急行列車に乗った。

同日夜、熊本駅に到着した森川は、駅前のいっぱい飲み屋に立ち寄ると、偶然、『湧水寮』時代の同僚と出会った。その同僚に連れられ、市の中心街にあるスナック『コスモス』で深夜まで酒を飲んだ。その後、同僚といっしょに実兄・道雄氏の家に押しかけた。

実兄には、都合の悪いときはいつもそうするように、

「こん男も働くところがなかけん、面倒ばみてやってくれんな。俺も、今度こそまじめに働くけん、お願いします」

と、いかにも殊勝な態度で話した。さすがに道雄氏も断るに断れず、二人はそのまま家に居着くことになった。数日後、実兄の自宅から、

「兄の道雄の家で暮らせるようになったけん、もう、そっちには帰らん」

と寮に電話し、しぶしぶ道雄氏が身元引受人になった。森川は、寮で管理していた残高六十万円の自分の預金通帳を取りに行き、その中から、生活費として四万円の現金を兄嫁に渡した。

森川は計画どおり、まず最大のターゲットである妙子さんに狙いを定めた。だが、肝心の彼女の居場所が分からない。そこで、まず親戚から妙子さんの住所を聞きだすことにしたという。

県内にある妙子さんの母方の実家やその親戚をシラミつぶしに訪ねた。とはいえ、妙子さんの母親を刺殺したのは、他でもない、森川本人である。とても堂々と親戚を訪ねられる立場ではなかった。そのため、最初の頃は、なるべく自分自身の名前は明かさず、顔の知られていない子供たちから聞き出すようにするなど、工夫していたが、思うような成果が得られなかった。森川の仕返しを恐れた妙子さんが、親戚にも住まいを知らせていなかったからである。

森川は、

「妙子の居場所を知っているのは、再婚の世話をした叔父の谷末則の女房であるミツ子か、親代わりだった谷三十郎の未亡人以外にいないのではないか」

と考えるようになった。前述のように、彼女たちは、森川が狙うターゲットでもあった。

そこで、大胆にも、ふらりと、仲人の故・谷三十郎氏宅を訪ねたこともあった。森川は、谷未亡人に妙子さんが写っている昔の写真を見せながら、こう切り出した。

「おばさん、この写真ば、妙子に渡しちゃろうと思いますけん、住所ば教えてくれんですか」

「もう、そげん写真はよかよ。あん娘もいらんだろうけん、あんたが必要なかなら、捨てたらよか」

「そいなら、郵送しますけん、住所だけでも教えてくんしゃい」

「もう、あん娘も昔のことは思い出しとうない、言うとるけん、構わんで」

気丈にも、谷未亡人は、玄関先で森川にスイカを切って皿に盛り、

「まあ、毒やら入っとりゃあせんから、食べていきなんせ」

とすすめたという。未亡人が話す。

「本音を言えば、そりゃあ恐ろしかったし、いま思い出すだけでも震えが止まらんです。あん時は、哲行さんがまた仮釈放になって出て来ちょる、ち、いうことは知っとったけんね。ちょっと前には、近所の人から〝目つきの悪か廃品回収の男ん人がアン

タん方のことば根掘り葉掘り聞いちょったばい〟と聞かされとりました。あれは哲行さんのことて、ピンときとりましたけん、来るかもしれんて、覚悟はしとりました。哲行さんは私らのことば、恨んどるのも分かっとったし、うちはお父さんが亡《な》くなってから娘と二人暮らし。それだけん、内心は心臓が止まりそうなくらいビクビクしとりましたけど、ここで弱気になったらいかんと、必死やったとです」

仕方なく、森川は退散したが、復讐をあきらめるはずはなかった。

「恨んどる奴《やつ》らを次々に殺す」

森川は、熊本へ帰ってきた当日に行った市内のスナック『コスモス』に毎日のように入り浸り、飲んでは復讐心を募らせていった。もちろん、仕事は何もしなかった。『コスモス』は、木造二階建ての建物の一階だったが、二階はママの住居になっていた。森川は兄の家には滅多に帰らず、そこへ泊まることも多かったという。

泊まらなくとも、店は午前中に開くため、ほとんど昼頃には顔を出して焼酎を飲んでいた。酔っては、妙子さんのことを思い出し、店を出て手当たり次第に彼女の立ち寄りそうなところを探し回った。

夜になり妙子さんを探すのに疲れると、店に戻ってくる。そうしてまた焼酎を呷り始めるのだが、店の常連客には気前よく奢《おご》ったという。

北九州の『湧水寮』時代に貯金した六十万円の預金通帳を『コスモス』のママに預け、手持ちの金がなくなれば、十万円単位で通帳から金を降ろすよう頼んだ。時には、その金でママや店のホステスを連れて阿蘇の温泉宿で遊ぶ。熊本に戻った昭和六十年六月以降のひと月あまり、森川の生活はそんな調子だった。

しかし、思うように妙子さんの居場所が分からず、当然、所持金も底をついてきた。計画は初めから躓《つまず》き、森川は次第に焦《あせ》り始めていったのである。

七月も中旬頃になると、預金通帳の残高は十万円になっていた。手元にはまだ十万円あったが、貯金と合わせてもわずか二十万円。森川は、いよいよ殺人を実行する決意をした。

「半ば、ヤケクソでした。妙子を殺した後の逃走費用として少なくとも十万円は必要だと思い、最後の十万円を降ろした。ティッシュペーパーに包んでズボンの後ろポケットに入れて常時持ち歩きましたが、この金だけはどんなことがあっても使えないと思っていました」

と考える一方、

「ええい、もう妙子の居場所が分からんなら分からんでいい。そのかわり、恨んどる奴らを次々に殺す。妙子の居場所を知っとる谷末亡人や谷ミツ子には、一応居場所は聞き、言うても言わんでも殺す、そう決めたのです」「次々に殺していき、その都度、家にある金を奪って、妙子を殺すための資金にしよう、と計画を変更したのです」

（熊本県警への供述より）

そして、犯行当日の昭和六十年七月二十四日がやって来るのである。

森川が最初に狙ったのは、仲人の谷末亡人だった。実兄・道雄氏の家を出たのは、犯行二日前の七月二十二日昼頃。黒い手提げカバンに、懐中電灯と携帯ラジオを詰め込んだ。言うまでもなく、夜間の犯行とその後の逃走のための小道具である。

森川は午後三時に『コスモス』に顔を出し、ママといっしょに焼酎を飲んだ後、夕方になって店を出た。店からタクシーで向かったのは、『中村金物店』。二十三年前に妙子さんとその母親のハツメさんを殺傷した凶器の切り出しナイフを購入した店である。

しかし、すでに店はなく、森川は仕方なく別の金物店に入った。切り出しナイフを買おうとしたのは、先が尖《とが》っているため、刺した時に血がそれほど噴き出さないからだというが、その店には目当ての切り出しナイフはなかった。そこで、森川は刃渡り

二十センチの刺身包丁を選んだ。その際、四十歳くらいの女性店員に対し、

「うなぎをじょうらなんけん（捌《さば》かなければならないから）、キリもなかですか」

と頼んでいる。刺身包丁だけを購入すると、不自然に思われるため、カモフラージュのために敢《あ》えて必要のない千枚通しまで注文した。

それらを黒い手提げカバンに詰め、徒歩で谷未亡人の自宅へ向かった。

午後七時過ぎ、未亡人宅へ到着。未亡人は娘と二人暮らしだった。すでに外は薄暗く、玄関の外灯がついていたが、家の中からは明かりが漏れていない。車庫には娘が乗っていた乗用車もなかったため、裏の縁側の方へ回って様子をうかがっていた。すると、突然家の中から、

「ウーッワン、ワン」

と犬の鳴き声がした。

森川は、たまらずその場を離れた。この日、谷未亡人宅ではたまたま近所から犬を預かっており、その犬が吼《ほ》えたのだが、それが幸いした。森川は、取り敢えずこの日の谷未亡人への襲撃をあきらめ、標的を谷ミツ子さんに切り替えたのである。

森川は、タクシーで甲佐町のミツ子さん宅へ向かった。家の近くの国道沿いでタクシーを降り、目に付いた割烹《かっぽう》料理店に入ったのが午後九時過ぎ。そこで、日本そばを

つまみに焼酎《しょうちゅう》を飲んで一時間ほど時間をつぶし、ミツ子さんの家に着いた。郵便受けに、谷ミツ子の他に則子という見知らぬ名前があった。森川が則子さんの存在を知ったのはこの時が初めてだった。ミツ子さんには子供がいなかったため、養女だと思ったという。

森川は縁側の方へ回り、まず窓越しに、

「妙子の居場所ば、教えなっせ」

と声をかけると、ミツ子さんは気味が悪くなって、慌《あわ》てて窓に鍵《かぎ》をかけ、

「もう、遅か」

とだけ返事をして、縁側から奥の部屋へ立ち去った。

森川は、カッとなって庭にあった石を拾い上げ、窓を叩《たた》き割って家に押し入ろうとしたが、ふと周囲を見まわすと近所の家にはまだ明かりが点《つ》いていた。そこで、家の周りを一回りして鍵がかかっていないところを探したが見つからず、裏庭の物置に身を潜めたまま朝を迎えた。そして、いったん引き上げ、夜を待って、出直すことにしたという。

その日、森川はスナック『コスモス』に引き上げ、仮眠をとった後、夜、

「ちょっと、集金に行ってくるけん」

と、にんまりと笑って店を出た。

ミツ子さんは『甲佐砕石工業』という会社を経営している。そこで森川は殺害後、現金を奪うこともあらかじめ計算に入れていたという。

森川の服装は、濃紺の半袖《はんそで》シャツに薄いベージュ色の綿パン。前日に買った刺身包丁や懐中電灯を黒い手提げカバンに入れ、店を出た。

前日同様、まずタクシーで谷未亡人宅を訪ねたが、留守だった。それで、ラーメン屋に立ち寄って焼酎を飲んだ後、すぐに甲佐町のミツ子さんの自宅へ向かった。

二十三年目の惨劇

すでに時刻は午後十時半頃だった。窓にかかったカーテンの隙間《すきま》から部屋をのぞくと、そこにはミツ子さんと則子さんが二人で座ってしゃべっていた。森川は、寝静まるまで待つことに決め、前夜と同様、裏庭の物置の陰に隠れていた。

すると、ラーメン屋で飲んだ焼酎のアルコールが回ってきて、つい居眠りをした。

目が覚めた時には、すでに翌七月二十四日午前二時を過ぎていた。

「あいたーッ。こらイカン」

ひとりごちた森川は、セブンスターを一本吸って頭の中をスッキリさせた。そして、窓ガラスを割った時に音がしないよう、石を布に包んで建物に近づいていったのである。

どこから侵入しようか、と窓を触りながら家の外をまわり、クーラーの室外機の上にあったアルミサッシの出窓を左手で触れると、窓がスーッと開いたという。

「しめたッ」

と思った森川は、石を置き、室外機を踏み台にして身体《からだ》を部屋に滑り込ませた。窓《まど》際《ぎわ》においてあった爪楊枝《つまようじ》の箱をひっくり返したが、気にはしなかった。

そこは娘の則子さんの部屋だったが、彼女はいなかった。

「恐らく、ミツ子の部屋におるんだろうけど、どうせ二人とも殺すのだから、却《かえ》って都合がよか」

頭の中でこう考えた森川は、足音を忍ばせそのままミツ子さんのいる八畳間へとゆっくり歩いていった。

右手に刺身包丁を握り、左手で障子戸を開けると、そこには、案の定二人が並んで寝ていた。森川から見て、左にミツ子さん、右に則子さんが、入り口に足を向けて仰向けに寝ていた。

ミツ子さんが着ていたのは白い浴衣《ゆかた》、則子さんは太ももまである長いTシャツ姿。真夏で暑いせいか、掛け布団《ぶとん》は撥《は》ね除《の》けられていたという。豆電球がついていた。

森川は二人を見下ろしながら、まずミツ子さんの方へ近づいていくと、彼女が突然目を開けた。上半身を起こして敷布団の上に座りなおし、びっくりして大きく目を見開いて森川を見上げると、

「誰ねッ」

と声を上げた。森川は立ったまま、素早く彼女の顔に包丁を突きつけた。

「妙子はどこにおるとか。白状せんなら、殺すぞ」

「しッ、知らん。知らんもんは知らん」

森川は、首を振りながら震えるミツ子さんの胸を上から斜め下に突き刺した。ミツ子さんは、必死で抵抗した。自分の胸に刺さった刺身包丁を素手で抑えようと握ったが、森川はその手を払いのけて包丁を引き抜いた。

それから首、胸、腹、肩……、とメッタ刺し。ミツ子さんも最初の何回かは両腕を伸ばして、よけようと試みたが、すぐに力尽きた。森川は、しまいに包丁を高く振り上げ、頭上からミツ子さんの脳天目掛けて深く突き刺した。この間、彼女は声を上げることもできず、部屋には、

ブスッ、ブスッ——、

という音だけが響いた。彼女はそのままドサッと仰向けに倒れこんだ。

一方、その音を聞いて、目を覚ましたのが隣で寝ていた則子さんだった。森川は彼女にも襲いかかった。

起き上がろうとした則子さんに対し、

「おまえもグルだろうが」

と声を荒げ、胸を立て続けに二度刺した。それでも彼女は立ち上がり、逃げようとしたところをさらに二突き胸を刺した。則子さんは腰をかがめ、傷口をかばうように身体を丸めたまま、倒れた養母を跨《また》いで電話の置いてある隣の六畳間へ向かった。

その時、ミツ子さんが、

「うーん」「うーん」

と声を発したので、森川は則子さんを追いかけるのを中断し、再びミツ子さんの胸と喉《のど》を刺してとどめをさした。

その間、則子さんは電話へたどりつき、前かがみのまま、電話を抱え込むような格好で受話器を取り、プッシュボタンを押し始めた。それに気づいた森川は、左後ろから彼女へ飛びかかった。背中を深く一突き——。

手から受話器が落ちた。森川は、後ろから則子さんの腰に左腕を回して引っ張り上げ、ミツ子さんが倒れているところへ引きずり倒した。その傍ら、受話器を耳に当てつながってないかどうかを確認し、電話線を包丁で叩ききった。

そして、元の八畳間に森川がもどると、則子さんはミツ子さんを抱くような格好で横向きに倒れたまま、

「あーん」「あーん」

と、かすかに声を上げ続けている。森川は、それを立ったまましばらく見つめていた。

則子さんは森川に気づき、なんとか足で蹴《け》ろうとしたが、もはや体力は残っていなかった。その足を切りつけられ、さらに脇腹《わきばら》や胸、腰を何度も何度も刺され、ついに息絶えたのである。

森川は、最後に、動かなくなった則子さんの脇腹を蹴り上げ、仰向けに倒した。

時間にすると、わずか十数分の出来事だった。

さらに狂気は続く

「三十年近く、現場で捜査をしてきたけど、こんなむごい殺し方は初めてでした。二

人合わせて七十六カ所という刺し傷の数も前代未聞《みもん》。しかも、森川にこの時の感想を尋ねると、〝簡単やった。それほど血が噴き出したわけでもなく、まるで大きな白い豆腐に刺身包丁を刺しては抜き、刺しては抜き、ちゅう感じやったばい〟と平然と言うとったとです。さすがに気味が悪うなりました。今まで、いろんな殺しや残虐《ざんぎやく》な犯行を見てきたけど、これほど兇悪《きようあく》な奴は後にも先にも知りません」

当時の捜査員がこんなショックを受けるほど、この殺人現場は凄惨《せいさん》だったのだ。それればかりではない。森川は、二人を刺殺した後、さらに異常な行動に出る。動かなくなった二人を見下ろしていた森川に、ふと妙な考えが浮かんだ。

「これだけじゃあ、気がおさまらん。いっそ、発見された時に恥をかかせるため、丸裸にして部屋のどこかに吊《つ》るしちゃろう、そう考えたのです」（森川の供述より）

まず、ミツ子さんの足元へ行き、前かがみになって浴衣をはだけた。ブラジャーはつけてなかった。そして、パンティーのゴムに指を掛け、二、三度引っ張って引きずり降ろしたという。

それをミツ子さんの足元に置くと、隣で倒れている則子さんに対しても、同じように全裸にした。

「娘の方も、同じようにして引きずりおろしました。ただ、右足からはうまくパンティーが抜けたけど、左足は膝《ひざ》のあたりでどうしても引っかかってしまう。それで、面倒になり完全には脱がせられませんでした」

森川は供述でこうも言っている。

「二人のメメジョ（女性の陰部という意味の方言）も見ました。ミツ子の毛は、年寄りなので薄く、ポヤポヤとしていましたが、娘の則子はとても毛が多く、真っ黒だったことを覚えています。私は、二人のパンティーを脱がした後、どこに吊るそうか、と部屋を見回しました」

森川は、最初、浴衣の帯を鴨居《かもい》に引っ掛けて二人を吊るそうと考えたが、足元が血で滑ってどうもうまくいかなかったらしい。それもそのはずで、森川は家に押入った時、足音がしないよう、靴を脱いでいたため、靴下が畳の上の血溜《だ》まりでべっとりと濡れていたのだ。むろん、ズボンも返り血を浴びていた。

そこで森川は、全裸にした二人を部屋に吊るすのを急遽《きゅうきょ》取りやめ、自分自身の服を洗うことにした。

靴下とズボンを脱ぎ、くわえタバコのまま風呂場《ふろば》で血を洗い流した。浴槽の残り湯にズボンを浸し、手でごしごし揉《も》み洗いをした結果、血は落ちた。おまけに、洗った後乾かすほどの念の入れよう、それほど冷静だった。

ズボンを部屋へ持ち帰り、そこに置いてあったスカートやブラウスなどを床に敷き、その上にズボンを載せた。さらにその上から別の衣類をかけてサンドイッチにし、自分自身の足で踏んで、ズボンの水気を衣類に吸い込ませたという。

森川は、それらズボンを乾かすために使ったスカートやブラウスを死体の上に放り投げていった。第一発見者の『甲佐砕石工業』の従業員が死体を見つけた時、死体の上に乱暴に衣類がかけられていたのを見たのは、このためである。

そのうえ、森川はズボンを乾かした後、家を物色し始めたのである。

整理ダンスや仏壇、食器棚など、森川は手当たり次第に金目の物を探した。そうして、部屋のテーブルの脇にあった黒い革製のバッグを見つけた。その中に手を突っ込むと、何通かの封筒に仕分けされた現金があった。会社の従業員の社会保険料をおさめるために、あらかじめ用意していたものだ。それらの封筒から現金だけを抜き取ってバッグに戻し、バッグごと盗んだ。

現金は四十万円以上あった。

「これで、当座の金には困らん。いっそのこと、パッと使っちゃろう、と思いました」（森川の供述より）

さらに、ミツ子さんがはめていた腕時計とサファイヤの指輪、老眼鏡二つを黒革のバッグに詰め込んだ。

この時、柱時計の針が示していた時刻は午前三時半過ぎ。森川が谷ミツ子さんの自宅へ押し入ってから、二時間近くが経過していた。真夏のため、間もなく夜が明けようとしていた。森川は何食わぬ顔で侵入した窓から外に出て、ミツ子さんの家を後にしたのである。

逃亡の果てに

谷ミツ子さん宅を出た森川は、まず足がつかないよう、徒歩で熊本市内へ向かった。途中、草むらで大便をし、ミツ子さんの黒革のバッグから現金と時計、指輪などを自分の手提げカバンに移し替え、バッグは川に捨てた。

三時間ほど歩いた。午前七時近くになっていたが、ちょうど熊本市と甲佐町の中間点に当る城南町で、開いている酒屋を見つけ、そこでワンカップ焼酎とピーナッツ、スルメを買って店の中で立ち飲みした。酒屋の近所からタクシーに乗り、スナック『コスモス』へと向かった。

『コスモス』のママはちょうど店の掃除をしていたが、機嫌よく森川を迎え入れた。

例によって焼酎を飲み始めた森川は、さすがに疲れていたため、何杯も飲まないうちに店内で眠りこけてしまった。

昼過ぎ、目が覚めた森川は、盗んできたミツ子さんの腕時計についていた牛革のベルトを、近くの時計店で金属製の新しいベルトに取り替えた。そうして店に戻って来ると、その腕時計と、同じく盗んだサファイヤの指輪をママに見せながら、

「集金ば、思った以上にうまくいったけん、買うて来たばい。プレゼントたい」

と調子のいいセリフを並べ、ママにプレゼントした。

一方、店のテレビは早くも「甲佐町の強盗殺人」ニュースを伝えていた。危機感を抱いた森川は、取り敢えず、ママとホステスを誘って阿蘇温泉へ逃げた。もっとも、彼女たちが夜には店を開かなければならないというので、旅館で風呂に入って夕食をとっただけの日帰りだった。『コスモス』へ戻って来ると、店にはすでに捜査員が張り込んでいた。

そこから、森川の逃亡が始まった。『コスモス』のママたちと別れ、町を離れて野宿をした後、一人でタクシーに乗り熊本県北部の立願寺温泉という温泉町へ向かった。この温泉町は、すっかり寂れており人目につかないと考えたのだ。

森川は、昼頃、この温泉町の『ヤサカ食堂』という大衆食堂で知り合った後藤瑞枝

（仮名）という四十五歳の主婦と意気投合。酔っ払った勢いで、この主婦の行き付けだったスナック『三十五』へ繰り出した。そのスナックで、瑞枝がためていたツケを森川が支払ってやり、二人はそのまま温泉旅館で一泊した。

「あんた、金はあるとね」

こう後藤瑞枝から聞かれると、森川は、

「金なら、百万や二百万はあるけん、心配すな」

と言い、目の前の仲居さんにチップをはずんだ。

翌日には、二人そろって前日に行ったスナック『三十五』のママの自宅へ押しかけ、三人で酒盛りを始めた。そこへ店のホステスがやって来たため、森川はそのホステスと瑞枝を誘って、三人でモーテルへしけこんだ。

そこで森川は、真昼間から一つの部屋で、交互に二人の女性を相手にセックスをした。一回のセックスにつき、彼女たちに一万円ずつを渡していたという。

昼間はずっとモーテルにいて、夜になると彼女たちを連れて飲み屋をハシゴ。瑞枝は主婦でありいわば不倫だったのだが、この間、森川が散財した金額は二十二万円に上ったのである。

しかし、そんな逃亡生活が長続きするはずはなかった。

犯行から五日目の七月二十八日、ついに森川は逮捕された。後藤瑞枝に誘われるまま、モーテルを出て、福岡県との県境にある荒尾競馬場（荒尾市内）へ出掛けた。そこで張り込んでいた刑事から、

「森川だな」

と声をかけられ、振り向いたところを取り押さえられたのだ。逮捕の決め手は、二人を乗せたタクシー運転手からの通報だった。

殺人鬼、森川哲行は、今度こそ二度と一般社会に舞い戻ることができなくなったのである。

「人を殺した者は……」

なぜ、森川のような殺人鬼を社会から隔離することができなかったのか。

無期懲役囚である森川は、二度まで仮出獄を許され、あげくに凄惨な殺人事件を引き起こしたのである。むろん、最初の事件で、森川に死刑判決が下っていれば、何の罪もない谷ミツ子さんや則子さんは死なずに済んだのは言うまでもない。少なくとも無期懲役囚としてずっと刑務所に服役していたら、この二次犯罪は起きなかったのだ。

刑法で定められた究極の刑罰である死刑とそれに次ぐ重刑である無期懲役——。この二つの刑罰のあり方が問われている。

いったい、死刑と無期懲役はどのような基準で適用されているのか。そして、死刑と無期の境界線とは……。

刑法一九九条には、

〈人を殺した者は、死刑又は無期若《も》しくは三年以上の懲役に処する〉

と記され、さらに二四〇条にも、

〈強盗が、人を負傷させたときは無期又は七年以上の懲役に処し、死亡させたときは死刑又は無期懲役に処する〉

とある。いわば、この二つの刑罰は殺人事件を対象に適用される。

過去十年間の死刑と無期懲役の確定者は、毎年多少の増減があるものの、傾向としてはいずれもほぼ横ばい状態だ。無期懲役確定者は、合計三百四十二人。一方、死刑は四十七人、無期懲役の一割あまりに過ぎない。

だが、そのどちらの刑罰を適用するか、という罪の判断基準となると、あいまいなままなのだ。

一般に、死刑か無期か、という裁判所の判断基準は、昭和五十八年七月に最高裁が下した永山則夫判決に則《のっと》っているとされる。

当時十九歳だった永山は、米軍基地で拳銃《けんじゅう》を盗み、わずか一カ月足らずの間に東京や京都、函館、名古屋で連続射殺事件を引き起こした。金目当てで、警備員やタクシー運転手などを次々に襲い、四人を射殺。無抵抗の人間に対し、至近距離から何発も拳銃を発射していた犯行の残虐性から、連続射殺魔と呼ばれて恐れられた。

一審判決で死刑、控訴審では、本人の不幸な生い立ちや犯行時の年齢、反省の意思などを理由に無期懲役。最終的に最高裁で、

〈死刑制度を存置する現行法制の下では、犯行の罪質、動機、態様ことに殺害の手段方法の執拗《しつよう》性・残虐性、結果の重大性ことに殺害された被害者の数、遺族の被害感情、社会的影響……各般の情状を併せ考察したとき、その罪責が誠に重大であって、罪刑の均衡の見地からも一般予防の見地からも極刑がやむをえない……〉

という判断が下された。経緯が揺れた後の死刑判決だけに注目され、これが、それ以降の兇悪事件の裁判で引用され、事実上、死刑選択の判断基準となっていった。いわゆる〝永山基準〟である。

とりわけ、近頃の殺人事件では被害者の数が重要視される傾向になり、

「一人を殺しただけなら死刑は免れ、最高で無期懲役」

という〝殺害人数基準〟が、日本の刑事司法の世界で一人歩きしてきた。むろん、明確な基準ではないが、実際、被害者が一人だけの殺人事件で、裁判官が死刑判決を選択することはほとんどないのである。

一方、こと刑の重さという点では、この二つの刑罰は明らかに異なる。犯罪者にとっては、天と地ほどの違いがあるのだ。

そもそも現在の刑法は、いわば日本古来の律令《りつりょう》制を改定したものからスタートしている。明治六年六月、改定律例の制定。同十三年七月には旧刑法が公布され、今の刑法はそれに基づいて同四十年四月に制定された。戦後、皇室関連の刑罰を定めた七三条から七六条までと尊属殺人等の加重罰規定が削除された以外は、基本的にほとんど変わっていない。

なかでも、死刑の歴史は古く、八世紀の律令制度の下で執行されていた記録が文献に残っている。「笞《ち》、杖《じょう》、徒《ず》、流《る》、死《し》」という五段階の刑罰の最高刑だった。古くは、もっぱら斬首《ざんしゅ》だったが、明治十三年に旧刑法が制定された時、現在の絞首刑に改められ、それが今に引き継がれている。

一方、無期懲役刑も旧刑法の下で制定された。懲役刑そのものは、明治六年制定の改定律例において、律令制の「笞、杖、徒、流」といった四つの刑罰が懲役として改められたものだが、当時はまだ終身刑が存在していた。懲役十年の上に懲役終身という刑を設けていたのだが、旧刑法が制定されると同時に、無期徒刑や無期流刑といった名称で無期懲役刑が施行され、終身刑は廃止された。当時の無期刑はいわゆる島流しだが、すでにこの時から仮出獄も許されるようになったのである。

文字どおり、終身刑とはその生涯すべてをもって償う罰であり、その意味では無期懲役と変わりはない。しかし、その大きな違いは無期の場合、ほとんどの受刑者が仮出獄を許され、実社会に復帰できるという点だ。

「旧刑法の制定以来、日本には終身刑という考え方がありません。しかし、無期懲役とは懲役期間がない刑罰という意味ですから、たとえ仮釈放が許されても、刑期が終了したというわけでもありません」

法務省刑事局ではこう説明する。

「死刑の廃止を訴えている人の中には、終身刑の導入を口にする人がいますが、法務省ではそれは慎重に考えるべきだという判断です。仮釈放がなく死ぬまで服役者を拘束するとなれば、緩やかな死刑執行に等しいのではないですか。社会に出る希望がまったくないままに拘束するというのでは、犯罪者の矯正という観点からも問題です。人間性の破壊に他なりません。それは死刑より残酷なことではないでしょうか」

いわば、有期刑と同じく、無期懲役は矯正を目的とした刑罰であり、仮出獄もその目的の一環という位置付けである。と同時に、それは、無期懲役囚が一般社会への復帰を許されるということを意味する。

有期刑の最高刑は二十年であり、刑期の三分の一が経過すると仮出獄の資格が与えられ、無期懲役囚の場合は、その資格が十年の刑期を超えた者と定められている。懲役または禁錮《きんこ》の受刑者の場合を仮出獄、拘留受刑者は仮出場、少年院の在院者は仮退院と呼び、総じて仮釈放と呼ばれている。その目的は、あくまで更生の機会を与え、円滑な社会復帰を図るため、というものだ。

「仮釈放については、刑法上、改悛《かいしゅん》の状が認められた場合にこれをおこないます。悔悟、更生の意欲、再犯の恐れがないこと、社会感情の是認、などが条件です」（法務省保護局）

しかし、それらの条件が厳密に守られているとは、到底言い難い。実際は、仮出獄は簡単に許され、出所後もそれほど拘束されない。

仮出獄の手続きは、刑務所長が高等裁判所の所在地にある全国八カ所の地方更生保護委員会へ申請するだけ。法務省職員の三人の委員が本人を面接して、許可を出す。だが、申請後の棄却率はわずか二パーセント程度。兇悪犯である無期懲役囚に限っても、たいてい半数以上がアッサリと仮出獄を許されているのである。もちろん懲役囚には、仮出獄後、保護観察がおこなわれることになっているが、施設を抜け出した森川の例を上げるまでもなく、これもあまり意味がない。

残り二人の死刑囚の場合

しかも、現実には、こうして仮出獄した無期懲役囚によって、さらなる悲劇が起きているケースは後を絶たないのだ。

冒頭で簡単に紹介したが、森川と同じく平成十一年死刑執行された残りの二人の元無期懲役囚も、まさに森川とそっくりの道をたどっていった。

昭和三十四年三月、当時二十二歳だった佐藤真志は、郷里の山口市郊外で花摘みをしていた七歳の少女を山林に連れ込んで強姦《ごうかん》しようとしたところ、騒がれたため絞殺。同年十二月、強姦致傷、殺人の罪で無期懲役の判決を受け、広島刑務所に服役した。

仮出獄したのは、その十五年後の昭和四十九年のこと。地元では働き口もなく上京し、二次犯罪は、さらにその五年後の五十四年七月二十八日に起きた。二十年が経ち四十二歳になっていた佐藤の性癖はまったく変わっていなかったのである。

夕方、独りで住んでいた都内北区のアパート『御守荘』近くで遊んでいた五歳の女の子を路上でいたずらした後、パチンコ屋の『パチンコ銀座』に行った。すると、そこに以前から顔見知りだった三歳の石丸貴子《いしまるたかこ》ちゃんが、お母さんといっしょに来ていた。佐藤がしばらくパチンコをした後、店を出たら貴子ちゃんが後ろからついてきたという。

これ幸いと見た佐藤は、

「おじさんの家に遊びにおいでよ」

と誘い、アパートに連れ帰ると、三歳の幼児を相手に、服を脱がし猥褻《わいせつ》行為を働こうとしたのである。

「ママのところへ帰る」

貴子ちゃんは必死で抵抗し、泣き出した。すると今度は、両手でか細い首を絞めた。貴子ちゃんがそれ以上抵抗できるはずもなく、そのまま窒息死してしまったのだ。

佐藤は多少知恵遅れだったが、それでも深夜になって、アパートから二百メートル離れたマンション『神部コーポ』の植え込みに貴子ちゃんを捨て、死体を隠そうとまでしていたのである。

事件から一カ月後、逮捕された佐藤は、平成四年二月の最高裁判決で死刑が確定した。その一審の判決理由には、こんなクダリがある。

〈このように見てくると、反社会的性癖・性格をもつ被告人について仮出獄を認めたことが大きく妥当性を欠き、かつまた、保護観察所や保護司による保護観察の運用にも適切を欠く点があった……〉

仮出獄の問題点を手厳しく指摘している。だが、仮に仮出獄の審査を厳密におこなっていたとしても、本当に佐藤の性癖や再犯の危険性を見抜くことができたのだろうか。

もう一例、仙台拘置支所で死刑が執行された高田勝利のケースも紹介しよう。

強盗や業務上横領などで三度服役した後、高田は、昭和四十二年一月、クリーニング店に勤めていた元同僚の女性を絞殺。一万九千円を盗んだ後、彼女の身元がばれないよう衣服を剝《は》ぎ取って裸にして放置したまま逃走した。死刑を求刑されたものの、同年四月、浦和地裁川越支部で無期懲役の判決を受けた。検察側は控訴したが、棄却され、そのまま服役した。

それから二十二年後の平成二年二月、高田は仮出獄した。東京の更生保護会に入寮したが、それはわずか一カ月間のこと。その後、郷里で音響製品やカメラの部品の組立工場を経営していた従兄弟《いとこ》を頼って福島へ戻るのだが、問題の犯行は保護観察施設を出て二カ月後だった。

平成二年五月一日、高田は行きつけのスナックホステスに、

「東京を案内してやろう」

と東京への一泊旅行をする約束をした。旅行費用を十万円と見込んだ高田は、その金のために県内の知り合いの飲み屋『やきとり甲野』に強盗に入ることを計画したのだ。

翌二日午後五時過ぎ、開店前の女将《おかみ》にあらかじめ、

「会社の人間を連れて行くから、早めに店を開けてほしい」

と電話を入れ、通常より早く開店させるよう手筈《てはず》を整えた。客のいない間に店を襲うためである。

そうして、工場から六百グラムの鉄工用ハンマーとバールを持ち出し、紙袋に入れて店を訪ねた。女将が気を許し、高田に背を向けたまま開店準備のためにカウンターの拭《ふ》き掃除を始めたところ、後ろから近づき、ハンマーで後頭部を容赦なく二回殴打。倒れた女将が、

「畜生――ッ」

と叫ぶと、逆上し顔面や側頭部など続けざまに何度も何度も殴りつけた。傷は四十

数カ所。頭から血が噴き上がり、天井にまで血はベットリとついていた。

店内の自分の指紋をふき取った上で、二万五千円入りの財布が入っていた彼女のセカンドバッグを盗み出して逃走。凶器の鉄工用ハンマーや履いていたサンダルなどを途中で土の中に埋め、何食わぬ顔でホステスといっしょに東京へ向かった。

仮出獄してから三カ月足らずの犯行である。

罪名、強盗殺人――。

高田はその公判中には、重要証拠のサンダルを発見して通報した女性に対して、こんな手紙を送りつけている。

「サンダルありがとう。貴女《あなた》も仲々やってくれるね、忘れないよ！」

被害者のやきとり屋の女将はもちろん、殺される謂《いわ》れは何もない。それどころか、犯行後の高田は証拠の発見者に対してさえ、これほどの恨みを抱いていたのである。


「反省はしていない」

法務省法務総合研究所編の平成十一年版「犯罪白書」によれば、平成五年の矯正施設からの出所者の総数は二万二千三十六人。うち五年以内に再び罪を犯して施設に逆戻りした再入率は半数近い四八・二パーセント。満期釈放のケースでは六〇・八パーセントに上り、仮釈放でも三八・七パーセントまでが再び刑務所などへ逆戻りしている。この傾向はあまり変わってなく、平成元年の仮釈放者の五年以内の再入率も三六パーセントとなっている。

つまり仮釈放を許された受刑者のうち、実に四割近くが、再び犯行に走り、なかには兇悪《きようあく》極まりない事件を引き起こしている者もいるのだ。これでは何のための仮釈放か、分かったものではない。

米国では、日本のように併合罪が適用されないため、犯した罪によってその刑罰が積み上げられていく。何百年という懲役刑が存在するのはよく知られたところだ。だが、日本での懲役刑は、最高二十年の有期刑より重いのは無期懲役。といっても、平成元年からの過去十年間で、百六十六人の無期懲役受刑者が平均十九年四月の刑期で仮釈放を許されている。

おまけに、それよりずい分短い刑期で仮出獄するケースも珍しくないのだ。現に熊本の殺人鬼、森川哲行の最初の仮出獄は収監後わずか十四年目。繰り返すまでもなく、有期の最高刑は二十年であり、無期懲役といいながら、いともあっさりとシャバに出ていたわけだ。二度目でさえ仮出獄は二十二年目だった。

その森川に殺された則子さんの生みの親である伊津野武男夫妻は、今も熊本県内に暮らしている。

武男氏は、今でも当時のことを忘れることができないという。

則子は昭和三十八年六月七日、私らの長女として生まれました。お兄ちゃんと弟に挟まれて生まれた女の子でしたから、そりゃあ可愛《かわい》かったですが、ちょうど姉さん（殺害された谷ミツ子さん）とこに子供が一人もおらんかったもんだけん、生まれて十一カ月で養女に出したとです。ち言うても、家はお互いに近かけん、しょっちゅう行き来はありました。あん日の前日にも、則子から電話がありました。

ちょうど成人式が終わった翌年で、則子はよか男ができて付きおうとりました。結婚も決まっとったとです。事件の前の日、則子は電話で、

「いま、仲人《なこうど》さんが目ば傷《いた》めて大阪に手術に行っとるけん、式の日取りば決めるんは、ちょっと待っとって」

そんな話をしとったところでした。夏祭りも彼といっしょに行く、げな言うとりました。

そのすぐ後で、まさかあげなことになるとは、思うてもみませんでした。

私自身、森川とは会ったこともなかったとです。娘は名前すら知らんかったはずです。それが、なんであんな惨《むご》い目に遭わなならんとか、どげん考えても納得がいきません。

あの日、事件の知らせを聞いて甲佐町の姉の家に駆けつけてみても、家の中には入れてもらえんと、外でじっと待っとりました。その間の気持ちは、今でも忘れられません。家から出てきた娘は、青いビニールシートに包まれたままで本人かどうかも分かりませんでした。事件後、娘を初めて見たのは大学病院で、冷凍された姿でした。できることなら、森川をこの手で殺してやりたかった。昔のように敵討ち制度があれば、手や足、耳や鼻を一つずつ一つずつ、もいでいって、苦しめながら殺してやりたかった、今でもそう思うことがあります。

でも、残された被害者の遺族なんか、惨《みじ》めなもんです。

森川とは、事件の公判で二度顔を合わせました。裁判官から私がどうしたいか質問されたので、

「当然、死刑にして殺さないかんでしょ」

と答えたのですが、あいつは私を爬虫類《はちゅうるい》のような目でじっと睨《にら》んでいました。正直言うて鳥肌が立つほどゾッとしました。

だけん、森川が死刑になった、ちテレビニュースで聞いて、ホッとしたのです。もちろん、娘を殺された恨みは今でも忘れられません。でも、本当に自分自身の正直な気持ちを言えば、あいつが生きとる間はずっと恐ろしかったとです。森川は、公判でも私ら親戚《しんせき》を皆殺しにする、ち言うとりましたし、もしかしたら死刑判決が出ても何かの拍子で出所して私らを殺しに来るんじゃなかか、とも思うたとです。

他人が聞くと、そんな馬鹿《ばか》げたことがあるか、ち思うでしょうが、我々の気持ちは理解できんでしょうね。憎しみと恐怖、それがこの数年間、交互にやって来るとです。

最近は死刑廃止論が盛んに叫ばれとるようですが、私に言わせれば、事件に何も関わっとりもせんもんが無責任な話ばするな、て思います。

だいたい、人を一人殺したら、自分の命でつぐなうのが当たり前じゃないでしょうか。それなのに、無期懲役でも十年経《た》ったら刑務所から出て来て、簡単にまた人を殺す……そぎゃん馬鹿な法律があるでしょうか。

去年九月、森川の死刑執行が載っていた新聞を持って、すぐに娘の墓に報告に行きました。これで、ようやく終わった、ていうのが私らの率直な感想です。

「私は、無期懲役囚で仮釈放中の身ですから、今度つかまればいつ刑務所から出られるか、分かりません。それなら、いっそのこと恨んでいる連中を皆殺しにしてしまおう、そう思いました。だから、谷ミツ子や則子を殺したことについても、何も反省はしていないし、反省するぐらいならこんな事件は起こしません。それより、二人を殺したぐらいではまだまだ足りない。それが正直な気持ちです」

昭和六十年、二人の女性を殺害し、再び逮捕された森川が、取り調べの検事に対して話した言葉である。

切り裂かれた腹部に詰め込んだ「受話器と人形」

――名古屋「臨月妊婦」殺人事件

「中川だけは他紙に抜かれるな」

中川とは、昭和六十三年に愛知県名古屋市中川区で起きた、妊婦惨殺《ざんさつ》事件を指している。

当時、愛知県下では、捜査本部を設置しなければならないような大きな事件が相次いでいた。前年の六十二年八月に、稲沢市でパチンコ景品交換業を営む老夫婦が何者かに襲撃され、現金二百三十万円を奪われた上、妻が射殺される事件があり、さらに半年後の六十三年二月には、乗用車に乗っていた男女が数人のグループに襲われ、連れ去られて殺されるという有名なアベック殺人事件が起きている。名古屋市中川区の妊婦惨殺事件は、そのアベック殺人事件から一カ月も経《た》っていなかった。

「愛知県での事件は、多いときは頻繁に起こるし、少ないときは驚くほどない。なぜか波があるんです。このときは頻発した時期で、毎週金曜か土曜の週末には必ず事件が起きていると感じるほどだった。このころ愛知県警は、あまりの事件の多さに対応しきれず、捜査一課の強行班を増設したと記憶している」

全国紙の名古屋支社で社会部のキャップを務めていた人物が、当時を振り返る。

そして、数多くあった事件のなかで、「これだけは抜かれるな」と上司が現場記者に厳命した妊婦惨殺事件が発生したのは、六十三年三月十八日の白昼のことだった。

事件現場は、近鉄線の戸田駅から北東約五百メートルに位置する新興住宅街のアパートの一室。いまでこそポツポツとマンガ喫茶や居酒屋、大きなマンションが点在しているが、当時は畑が残る、人通りも多くない住宅地だった。

守屋《もりや》美津子《みつこ》さんは、二十七歳の臨月の妊婦。夫、遼司さん（仮名）と第一子誕生を今日か、明日かと心待ちにする日々を送っていた。ところが出産予定日を過ぎて五日目、平凡だが希望に満ちた若い夫婦の生活を一転させる惨劇が襲った。

何者かが守屋さん宅に侵入し、美津子さんを絞め殺したうえ、腹をカッターナイフのような薄い刃物で切り裂いたのである。その傷はみぞおちから下腹部にかけて縦に真一文字、三十八センチにわたり、腹にいた胎児は取り出されていた。妊婦の腹を切り裂くという行為だけで、十分、その狂気性がうかがえる。しかし、この後の行動がさらに常軌を逸していたのだ。

犯人は胎児を取り出してペシャンコになった彼女の腹に、コードを引きちぎった受話器と、ミッキーマウスのキーホルダーを詰め込んだのである。

殺人事件は数あるが、猟奇性で注目された事件だったため、新聞各紙は他社に抜かれることを恐れたのだった。

伏せられていた事実

事件当日の朝、いつもどおり美津子さんは、会社員の夫、遼司さんを送りだしている。一方の遼司さんも、いつもするように会社から自宅に電話を入れている。出産予定日を過ぎてからというもの、時間をみつけては身重の美津子さんの様子を聞くようにしていたのだ。

この日も遼司さんは二回、電話をかけている。一回目は、同僚と昼食をとった後の午後一時過ぎ。生まれる兆候はないか、外出の予定はないかなどのやりとりをし、変わった様子がないことを確認すると、一分ほどで受話器を置いた。二回目の電話は午後六時五十分ごろ、退社する直前だ。ところが、呼び出し音はするものの、誰も出ない。遼司さんは自分が帰宅するころには美津子さんも家にいるだろうと、そのまま帰路につき、午後七時四十分ごろ自宅に到着した。

いつもは施錠してあるはずのドアが、この日はすんなりと開き、部屋の電気もついておらず、真っ暗だった。

おかしいとは思ったものの、遼司さんは普段のように、玄関右側の寝室に行ってスーツを着替えた。すると、奥の居間から赤ん坊の泣き声が聞こえてきた。

「生まれたのか」

はやる思いで居間の電気をつけてみると、ブルーのマタニティドレスにピンクのジャンパーを着た美津子さんが、黒いパンティストッキングをつけたまま、衣服をたくし上げた状態で横たわっていた。脚元には、生まれたばかりの赤ん坊がか細く泣いている。「一人でこの部屋で生んだのか」と思い、声をかけたが反応がない。

ようやく遼司さんは異変に気づき、美津子さんに触れた。しかしすでに彼女の体は冷たくなっており、しかも両手は後ろ手に縛られ、首にはコタツに接続したままのコードが巻かれていたのである。

事態を知った遼司さんは、一一九番通報をしようとした。だが、ダイニングキッチンにあるはずの電話がない。慌《あわ》てて部屋を出て、階段をかけ降り、一階の住民に電話を借りた。

「電話が引きちぎられて赤ん坊が出ているから、電話を貸してくださいと、血相を変えて遼司さんがやってきました。ああ、赤ちゃんが生まれたのかしらと思っただけで、まさか奥さんが殺されているとは思いもしませんでした」

と、いまも、そのアパートに住んでいる階下の住民はいう。

部屋に戻ると遼司さんは改めて美津子さんと対峙《たいじ》した。そして、みぞおちから下腹部にかけて切り裂かれた腹に、受話器とミッキーマウスのキーホルダーが入っていることに初めて気づいた。

「普通の人には想像できないような恐ろしい状態で、妻はすでに息絶えていました」

遼司さんはそのときの様子を、後に記者会見で話している。またこの日、現場に急行した機動捜査隊の警官は現場から口々に、「あんな現場はいままで見たことがない」といいあい戻ってきたという。

しかし、警察が発表したのは、臨月の美津子さんが腹を切り裂かれ死亡したこと、赤ちゃんは無事だったこと、物色もしくは争った形跡がないということだけだった。腹のなかに受話器やキーホルダーが入れられていたなどの猟奇的な事柄は伏せられていた。

警察が表に出そうとしなかった、この事件の最も重要な事実が、当時捜査一課担当だったある新聞記者によって後に明らかになる。

「珍しく事件当日は、自宅で夕飯をとっていた。そこにまた仕事のポケベル。社に電話をして事件の概要を知ったが、初めは、子供の命だけは救いたくて、腹から赤ん坊を取り出したのだろうぐらいにしか思っていなかった」

　だが、現場を見た警官が思わず口にした惨劇の印象がひっかかっていた。

「〝あんな現場〟って、どういう現場なんだと思いながら、翌日刑事の家を回っていた。すると何人目かの刑事の口が滑ったんだ。〝腹に入っていたものなんて俺にはいえない〟と。妊婦の腹の中にいるのは赤ん坊に決まっている。〝赤ん坊じゃないんですか〟半信半疑、聞き返すと、刑事の顔色が変わった。もう腹になにが入っていたかを聞くまで、帰れなかった」

　一方の刑事も、箝口令《かんこうれい》を敷かれていた事件の核心を漏らしたという、責任問題になりかねないから頑《かたく》なだった。結局、刑事が根負けした。

「〝受話器と人形だよ〟。刑事は重い口を開いた。この人はなにをいっているんだと、一瞬、耳を疑った。赤ん坊を取り出した腹に、受話器と人形……。見たことがない、といっていた理由がこれでわかった」

　このときの人形というのはキーホルダーのことだった。

　捜査本部は当初、手口が残忍で、物色されたり争ったりした形跡がないことから、顔見知りの怨恨《えんこん》による犯行とみた。そして犯行時間は、午後三時以降、照明がついていなかったことから日没までと推定。死因は司法解剖の結果、腹を切られたことではなく、首を締められたことによる窒息死と判明した。

猟奇的犯罪は繰り返される

捜査の矛先はまず、第一発見者である夫、遼司さんに向けられた。出産予定日を過ぎた奥さんの姿が見あたらないのに、探そうともせず、洋服を着替えているからだ。さらに遼司さんのある行為が一層、疑いを深めた。

美津子さんの法要の際、開かれた記者会見でのことだ。遼司さんは会見を始めるにあたり、「家内はワインが好きだったから、ワインを注がせて下さい」と、報道陣を前にグラスに赤ワインを注ぎ、霊前に供えた。なぜ、報道陣を前にそんなパフォーマンスをするのか。この行為が芝居がかっているという印象を捜査陣に与えたのである。

しかし、遼司さんのアリバイは完全に成立した。午後は会社でデスクワークをし、同僚といっしょに退社していたことが証明されたからだ。

捜査本部は当初、顔見知りによる犯行とみて捜査を進めていた。だが、それを翻《ひるがえ》す情報が聞き込み捜査からあがってきた。美津子さんの友人が子連れで、当日の午後一時五十分から三時ごろまで守屋さん宅を訪ねていたこと、美津子さんはこの友人をアパート下の駐車場まで玄関に鍵《かぎ》をかけずに見送ったことなどの事実である。さらに、美津子さんがこの友人に、自分たちの部屋の隣が空き家の状態で、見知らぬ男性がときどき出入りしているのを目撃して不安だと話していたとの証言を得た。

守屋さん夫婦が住んでいたアパートは二階建てで、一、二階それぞれに二室ある。守屋さん宅は二階西側の部屋だったが、隣の東側の部屋は事件の半年ほど前から借り手がつかず、空き家になっていた。

しかも事件当日、遼司さんが電話を借りた階下の家に、三十歳前後の不審な男が訪ねていたことがわかった。前述の階下の主婦が証言する。

「午後三時過ぎだったと思います。突然、〃ガチャガチャ〃と玄関のドアノブが回される音がして、しばらくするとチャイムが鳴ったんです。怖いから、ドアを半開きに開けました。三十歳前後のサラリーマン風の男性が立っていて〃ナカムラさんのお宅を知りませんか〃と聞くんです。近所にナカムラさんなんていないし、ナカムラなんてとってつけたようでしょう。気味悪いから〃知りません〃と答え、すぐにドアを閉めました。

警察には、しつこくこの男性について聞かれました。午後三時過ぎに二階の部屋から悲鳴や物音がしなかったかも聞かれたけど、なにもなかったんです。夜、救急車の後に警察が来て、初めて事件を知りました」

日を追って、連日の聞き込み捜査から新たな証言がもたらされた。午後二時三十分ごろ、エンジンをかけっ放しにした自動車がアパートの駐車場に止められていたという目撃情報や、午後四時三十分ごろと午後七時ごろ、二度にわたって守屋さん宅の周辺をうろついている男がいたという情報だ。

捜査本部は犯行時間を美津子さんが友人を見送った直後と絞り込んだ。というのも、美津子さんはどちらかといえば神経質といえるほど几帳面《きちようめん》な性格で、使った食器はすぐ洗う習慣だったのに、犯行現場には友人と飲んだ湯飲み茶碗などがコタツの上に置かれたままになっていたからだ。

捜査開始直後は、争った形跡がないことなどから怨恨の筋強しとみていた犯人像については、最終的には怨《うら》みでなく、流しによるものに傾いていく。怨恨による顔見知りの犯行だとすると、素人《しろうと》の可能性が高い。素人ならば、何らかの物的証拠を残していると考えられるからだ。

今回の事件の場合、凶器もみつからず、犯人は犯行現場にもなにも残していない。指紋はきれいに拭《ふ》き取られ、台所の流しには血を洗い流した跡まであった。ルミノール反応で血痕《けっこん》がないか調べたが、なにも出てこなかった。

犯行後、これだけ冷静に処理するということは、プロの犯行だろうと、当時の捜査幹部は振り返る。

「妊婦の腹を切り裂いてみたい、という異常な願望を持ち、どこかで、背が高くて目立つ美津子さんを見かけてチャンスを狙《ねら》っていたのではないか。さらに、美津子さんの腹部は、カッターナイフのような薄い刃物で二、三回同じところをなぞって切られている。その手際《てぎわ》は鮮やかで手早く、医学の専門知識をある程度もっていないとできないと思われる。異常性格者だけでなく医者もしくは医学生の犯行とも考えられた」

事件より五年前の昭和五十八年、名古屋市と関西地区で女性を殺害し、女性器に器物を入れるという猟奇的事件が繰り返し発生した。同一人物による犯行だったのだが、猟奇的犯罪は一度で終わらず、エスカレートしていくという事例だった。ならば、今回も同じように、どこかで似た事件を起こしているのではないか、だんだん残忍さを増し今回の犯行にいたったのではないかと考えられた。猫の解剖をやっているかもしれない、と聞き込み捜査もした。

だが、捜査線上に具体的人物は挙がらず、完全に捜査は行き詰まった。それを隠すかのように、警察はこの事件に関する情報を漏らさないようになっていく。

しかし、前述の一課担当記者は、他の事件と違い、この事件が脳裏から離れることはなかったという。当時、記者の妻も妊娠中で、犯人がまた妊婦を狙っているかもしれないと思うと他人事ではなかったのだ。事件担当の捜査官のもとへ夜回りに行くたび、事件の話をし、捜査状況を聞いた。

そして約半年後のある日、夜回りに行った記者は、ずっと頭にくすぶっていた犯人像を刑事にぶつける。

「犯人は子供だ。事件が起きてから、ずっと私はそう思い続けていた。妊婦の腹を切り裂いて、その腹に物を入れるなんて残酷なことができるのは、命の尊さや、怖さを知らない子供しかいない。直前に起きたアベック殺人事件も十代の犯行だった」

昨今でこそ、未成年による凶悪な犯罪は社会的に大きな話題となり、性善説にたつ少年法は改正された（平成十二年十一月、一部改正）。しかし、当時はまだ、子供の犯行と推理することは大胆すぎると思われたかもしれない。

「刑事は〝そんなことはない〟と断固として否定した。でも根拠はいわない。半年も考え続けていたこっちは、ジャン・コクトーの小説をもちだしたりして執拗《しつよう》にくいさがった。そしたら〝靴の大きさが子供ではない〟とポロッと漏らした。土足で上がり込んでいることを、警察はそれまで隠していたんだ」

彼はこの話でようやく、犯人は大人の男なんだ、と納得したという。また、土足で侵入していたことは怨恨の筋なしの裏付けにもなる。

「警察は一年間は相当必死になって捜査をしていた。たいていの事件は、いくつか玉（容疑者）の候補があがるものなんだけど、これは到底そんなところまで辿《たど》りつけなかった。でも、いま考えると、十代後半だったら、足の大きさは成人と変わらないな」

愛知県警に問い合わせると、

「この事件については何もいわないことになっている。当時のプレスリリースも保管期間がとうに切れているのでない」

と、そっけない答えが返ってくるだけだった。

不可解な切り口

みぞおちから下腹部にかけての真一文字の切り口、子宮上下十二センチの傷、切り裂いた腹部に残された受話器とミッキーマウスのキーホルダー。

捜査本部は、成人男性で、妊婦に異常な関心がある医学的知識をもった人物を犯人像として描き、捜査を進めていた。

専門医が帝王切開に要する時間は、縫合まで終えて三十分程度。胎児を取り出すまでは三～五分だという。慣れない人間であれば、当然もっと時間がかかる。母体が死んでしまったら、胎児に酸素が送られないため、胎児も死に至るが、十～十五分程度は体内で生きているという。

つまり犯人は、美津子さんを絞殺した後の十数分の間に、腹部を切り、胎児を取り出したと考えられるが、「まったく経験がない人が、この時間内に取り出すのは難しいだろう」と是澤光彦・三楽《さんらく》病院産婦人科部長はいう。

美津子さんの腹部の傷について当時の捜査関係者は、こう語る。

「被害者の腹部は、ためらい傷なしで切られていた。しかも犯人は下腹部からみぞおちに向けて切っている。普通なら上から下だろう。尋常じゃない」

臨月の妊婦の腹回りは百センチは超えるという。床に横たわり、天井に向けて突き出た腹部を、下腹部からみぞおちに向けて切る。

是澤氏がこの点について説明する。

「我々の場合、右利《き》き、左利きを問わず、下部から切ることはまずありません。産婦人科に限らず、外科の手術も同様です。下腹部にある膀胱《ぼうこう》を傷つけないために、上から下腹部にかけてメスを入れるのです。犯人が医者であるならば、下から上にという、やり慣れていない切り方をわざわざしないのではないかという気がします」

さらに帝王切開の手順の解説をつづけた。

「帝王切開は、最初に腹壁、次に腹膜を十センチから十五センチ切ります。それから子宮を切るのですが、犯人のように上下にではなく、下部を真横に切ります。なぜなら子宮は、上部が十ミリから十五ミリ、下部は約五ミリと下になるほど薄くなるので、上下に切ると均等な厚さの切開創にならないからです。重要なことは胎児を傷つけないようにすることです。それには薄い下部を切ったほうが感触を得やすいから、胎児を切る危険が少ない。それに薄いほうが、体の出血も少なくてすむのです」

是澤氏の話から推察すると、犯人が医者もしくは医学生に匹敵するほどの医学知識をもっていたとは考えにくいのではないだろうか。

また犯人は、わざわざ美津子さんの洋服と妊婦帯をたくし上げてから、腹部を切っている。

「腹に入れられていたものが、犯人のメッセージではないだろうか。受話器は胎盤、電話のコードはへその緒、ミッキーマウスは胎児の代用物と考えられる。犯人は一度、自らの手で、妊婦の腹を切り、胎児を取り出してみたかったのかもしれない。そう考えれば辻褄《つじつま》はあう」

こう犯人像を指摘するのは、犯罪心理学に詳しい、東京医科歯科大学難治疾患研究所の石井利文氏だ。

受話器を胎盤、電話線をへその緒、ミッキーマウスを胎児に見立てて腹に入れ、母体を元に戻したというのか。

石井氏は分析する。

「妊婦、もしくは妊婦の腹の中に興味があり、中を見てみたいという欲望に突き動かされての犯行だろう。子供を生かしているということは、子供には関心をもっていないと判断できる。

最初に絞殺しているが、妊婦の腹を切るという実験を行うには、殺してしまったほうがやりやすい。切り口や手際がよいのは、死んでいて抵抗されないし、腹部を切ることが目的なのだから、躊躇《ちゅうちょ》せず、丁寧にやろうとした結果だと考えられる。また、実験であれば、仮に性的興味があったとしても快感まで達することはないから、一回の犯行で満足する可能性もある。

年齢的なことをいえば、ある程度の知識と力をもっていればできる。十五、六歳以上の人間だろう。

いずれにせよ犯人は、同情や愛情が非常に薄い情性欠如性の異常性格者だと思う」

犯行を計画的に行うのを秩序型性的殺人、無計画な犯行を無秩序型性的殺人、計画の部分と無計画の部分両方を合わせもつのが混合型性的殺人だという。石井氏は、「死体をそのまま放置することは無秩序型の典型。この場合は、混合型といえる」と話す。

ということは、犯人は妊婦の腹を切り裂き胎児を取り出すことには綿密な計画をたてたが、死体の処理まで考えていなかったことになる。それでも、犯人の計画には初めから、捕まらないというシナリオがあったのだろうか。

残された者たち

美津子さんの両親は、埼玉県浦和市に暮らす。すぐ裏の寺の墓地には、美津子さんの遺骨が分骨され、眠っている。

「運命を背負って生まれてきてしまったんだ。病気や事故で死んだなら、まだ納得もできる。娘は特別なんだ」

美津子さんの実父が、語気を荒くし、体を強張《こわば》らせてそういうと、美津子さんの実母は申し訳なさそうに、あとを継いだ。

「悪気はないんです。美津子が亡《な》くなって十一年。毎月、命日の十八日に、あの娘が好きだったワインをもってお墓に行きます。お墓をきれいに掃除し、ご先祖様と美津子のために置いた二つのグラスにワインを注ぎます。一年十二カ月、一度も欠かしたことはありません。

美津子たちは、遼司さんの転勤で、あの年の四月ごろ、こっちに来ることが決まっていたんです。私たち夫婦は一棟のマンションを持っているんですが、そこに移ることになっていました。部屋の間取りとかも美津子と話し合い、準備を進めていたのです。でも、事件が起きてしまった。忘れたくても、一日だって忘れたことはありません」

送り盆がすんだ八月十八日、美津子さんの母親は、百回余、そうしてきたように、赤ワインを墓石の前に置かれたワイングラスに注ぎ、手を合わせた。微《かす》かに盆に供えた線香の匂《にお》いがあたりに残り、ほかの墓の黄菊や白菊も枯れておらず、花の色は鮮やかだった。

美津子さんが誕生を楽しみにしていた子供は、二千九百三十グラムの男の子だった。その後、男の子は遼司さんの実家で育てられる。事件現場に最初に駆けつけた遼司さんの実父は平成三年、胃癌《いがん》で亡くなり、その三年後、遼司さんと子供、遼司さんの実母の三人は、子供の小学校入学に合わせ、美津子さんの実家にほど近いアパートに引っ越している。しかし、そのアパートは初めから仮住まいと決めていたようなたたずまいだった。

実際、しばらくすると遼司さんは勤務先を退職し、友人と会社を共同経営するための準備をすすめる。その準備が整うと、平成十一年四月、子供が小学校六年生に進級するのをきっかけに、三人は日本を離れ、ハワイに移住した。

そして美津子さんの子供は、母親がいない本当の理由を知らないという。

第三部　暗き欲望の果てを亡者《もうじや》が彷徨《さまよ》う

封印された「花形行員」の超弩級《ちょうどきゅう》スキャンダル

——埼玉「富士銀行行員」顧客殺人事件

埼玉県宮代町でマッサージ業を営む福田次郎《ふくだじろう》さん（七四）＝当時、以下同＝ツネさん（六七）夫婦の絞殺死体が発見されたのは、平成十年七月四日午前九時頃だった。そして四日後、富士銀行春日部《かすかべ》支店に勤務する岡藤輝光《おかふじてるみつ》（三二）が逮捕され、ここに一流銀行マンが顧客を殺害する、という前代未聞《みもん》の凶悪事件が明らかになる。

「事件発生直後から〝なんてひどい野郎だ〟とみな怒り心頭でしたよ。事件捜査のプロである我々が、思わず呻《うめ》いてしまうような、悲惨な状況だった」（捜査関係者）

次郎さんは目が不自由で、ツネさんも身体《からだ》に障害を抱えており、殺害現場は、突如、二人を襲った暴力がそのまま張り付いた、酸鼻を極める惨状だった。自供によれば、犯行日時は七月二日午前十一時三十分。事件発覚の二日前である。

「岡藤はまず、一階十畳のリビングでツネさんの首を白い荷造り用のビニールヒモで背後から締め上げ、次いで隣の八畳の居間で、目の不自由な次郎さんを同じ手口で殺しています。一人では逃げられない次郎さんは、岡藤が迫ってくるのをただ震えて待つしかなかった。冷酷で、陰惨なやり方です」

突然、妻が絞め殺され、なすすべも無かった次郎さんの無念と恐怖は想像を絶する。次郎さんは半袖《はんそで》シャツにズボン、ツネさんは半袖ブラウスにスカートの普段着姿だった。二人とも口から血を流し、ツネさんには首を絞められた際、床に激突して左後頭部に出来た手のひら大の皮下出血と、断末魔の苦しみの中で床を引っ掻《か》いた為《ため》とみられる指の爪《つめ》の破損があった。

この無惨《むざん》な遺体の様子から、荒れ狂った暴力の凄《すさ》まじさが窺《うかが》われるが、それもそのはず、岡藤は福岡大学体育学部の出身で、在学中はラグビー部でレギュラーとして活躍した、身長百七十五センチ、体重八十キロのがっちりとした体格である。この鍛え上げた身体と腕力をもってすれば、老夫婦を絞め殺すのもわけはなかったろう。しかし行きずりの強盗ならともかく、富士銀行のれっきとした行員が、それも得意先に対してなぜ、このような凶行に及んだのか？

そもそも福田夫妻と富士銀行の付き合いは十年前に溯《さかのぼ》る。昭和六十三年、それまで住んでいた都内台東区の自宅を売り払って宮代町に移り住み、以来、富士銀行春日部支店との取引が始まった。岡藤が春日部支店に配属されたのは平成八年四月。同年八月には前任者から引き継ぐ形で福田夫妻の担当になっている。岡藤の経歴をざっと振り返ると、平成元年の入行以来、東京・竹の塚支店、門司《もじ》支店、北九州支店と回り、ここまではいずれも融資担当だった。そして春日部支店から渉外担当となっている。

事件のきっかけは平成九年秋、春日部市内の運送業者から再三、泣き付かれた融資の依頼だった。「資金繰りが厳しい、なんとかしてほしい」。だが、運送業者は支店内の融資基準を満たしておらず、行内に〝貸し渋り〟の方針が出ていたこともあり、通常の方法ではどうにもならなかった。そこで岡藤は、客の預金を正式な手続きを経ずに、他の顧客に貸す、いわゆる〝浮き貸し〟に手を染める。そのターゲットが福田夫妻だった。平成十年一月、特別な定期預金で資金運用する、と偽り、それまでの定期預金を解約させ、合計二千五百万円を運送業者に貸し付けている。

しかし予定した返済の目処《めど》はたたず、起訴状によれば、まず、返済を六月三十日に確約していた千五百万円が滞ってしまう。福田夫妻にとっては大切な老後の生活資金だ。強く返済を迫られ、進退窮まった岡藤は自分の名刺の裏面に、七月二日に持参する旨《むね》を記載して渡している。もちろん返済のあてはない。しかも約束前日の七月一日、岡藤は十日付けで本店融資部に異動する内示を受けて、いよいよ追い詰められる。銀行に発覚すれば懲戒解雇は免れない。本店勤務という栄転も水泡に帰す。岡藤は錯乱し、精神の均衡を失ったのだろうか。名刺さえ無ければ、と内示の翌日、夫婦を殺害し、名刺を奪って逃走したのだ。

以上が、今回の事件の概要である。だが、どうにも分からない点がある。岡藤が、事件への引き金となる〝浮き貸し〟に走ったその理由である。経済評論家の須田慎一郎氏によれば、〝浮き貸し〟のメリットは二つあるという。

「ひとつは得意先を逃がさない措置です。通常の取引では認められない浮き貸しをすることで、有力なお客を引き留める、ということはあり得ます。もうひとつが、仲介の銀行マンが懐《ふところ》に入れる手数料です」

バブル期には、十億百億のカネを動かして一～二パーセントのマージンを抜く、という荒っぽい手口で行われていたという。しかし、二千五百万円では仮に二パーセントとしても手数料五十万円。とても懲戒解雇の危険に見合う額ではない。もちろん、青息吐息の街の運送業者が、大銀行の有力な客とも思えない。では、岡藤には他に理由があったのだろうか？

その真相に迫る前に、検証すべきことがある。事件の背景にあるバブル経済である。取材を進めるほど、あのバブルという日本経済の激震をきっかけに、まるで運命の糸に操られるように、被害者と加害者がクロスしていることが分かる。まず、福田夫妻の人生から追ってみる。

「犯人に同じ恐怖を」

福田次郎さんは昭和十四年、家族と共に九州から上京、台東区入谷の二軒長屋に居を構えている。近所の古老が語る。

「次郎さんのお父さんはもともと日光のひとで、お母さんは横須賀の女学校を出たお嬢さんでした。一家は九州で手広く楽器を商っていましたが、お父さんが政治活動にのめり込んで財産を失った、と聞きました。入谷の長屋は、一階四畳半二階六畳の二間きり。そこから人生をやり直したんです」

当時、次郎少年は十四歳。一家は古道具屋で生計を立てるが、ちゃんとした店舗はなく、近くの言問《こととい》通り沿いにムシロを広げての夜店商いだった。

「その頃は毎晩、いろんな夜店が出てそれは賑《にぎ》やかでした。次郎さんは手先が器用で、一階の四畳半いっぱいに品物を広げては夜中までペンキを塗ったり、組み立てたりして、リヤカーで運んでいました」

当時から視力が弱く、大人になったら失明する、と医者に宣告された次郎少年は、将来自活していけるようにとマッサージ技術の取得に励んだ。そして終戦。自宅周辺は空襲から焼け残り、福田家はそれまで賃貸だった長屋を買い取り、一階に六畳間を建て増ししている。

「次郎さんは音楽が大好きで、秋葉原からラジオの部品を買って組み立てて、クラシックを聞いていました」

一方、妻のツネさんは豪雪地帯で知られる新潟県六日町の生まれ。昭和十八年、十二歳で一人、故郷を後にしている。六日町在住の弟が当時の模様を語ってくれた。

「家が貧しかったもので、姉は尋常小学校を卒業するとすぐに秩父《ちちぶ》（埼玉県）の製糸工場に働きに出ました。そこで、表彰されるくらい働きづめに働いて、その後、台東区下谷に住んでいた伯母を頼って上京しています。洋裁の技術を身につけて、自立する道を選んだのです」

ツネさんの洋裁の腕は相当なもので、じきに固定客を多く抱え、宮代町に移ってからも注文がひきもきらなかった。同じ台東区の入谷と下谷という、目と鼻の先に住む次郎さんとツネさんは間に立つ人があって結婚し、この働き者の夫婦は一男一女に恵まれている。

「ツネさんが働いているとき、長屋は狭いから、次郎さんが邪魔にならないように子供をデパートに連れていくとか、二人本当に協力しあっていました」（親戚《しんせき》のひとり）

無一文に等しい状況から出発して戦後の混乱期を生き抜き、懸命に働いて道を切り開いた二人に、思わぬ人生の転機が訪れる。バブル経済だった。

「福田さんの地所は十三坪あって、地上げのターゲットになったんだね。当時周囲の土地が一坪八百万円で売買されていたから、一億円近い現金が入ったはず。長屋は狭いし北向きだから、将来長男と同居したい、と考えていた二人には悪い話じゃなかったと思う」（近所の住人）

バブル最盛期の昭和六十三年、夫婦は東武伊勢崎線姫宮駅から徒歩五分、周囲に田畑が広がる埼玉県宮代町の新興住宅地に二階建ての家を建てる。土地四十坪、床面積三十三坪の、ごく平均的な一戸建だった。ちなみに、入谷の長屋があった土地には現在、八階建ての白いマンションがそびえている。

宮代町の新築の家は、知人や親戚が暮らす入谷まで、東武線から地下鉄日比谷線に入る直通電車なら小一時間。長男一家が同居し、長女も結婚して都内にいたから、幸せな老後だった。自宅にはツネさんの仕事場として、新たに三階部分の六畳間を増築してもいる。

しかし平成四年、この平穏な生活に変化が生じる。長男一家が転勤で仙台へ移り、二人きりの生活を余儀なくされたのだ。ツネさんの弟が証言する。

「姉はよく〝寂しい〟とこぼしていました。最近は一週間にいっぺんくらい電話で話したかな。六日町に帰りたい、なんてことも言っていましたね。一度、貯金はどれくらいあるのか訊《き》いたんですよ。そしたら〝六千万くらい〟と言うので、〝カネさえありゃあなんとかなるから、頑張れ〟と励ましたこともあります」

下谷在住の親戚もこう語る。

「ツネちゃんはだいたい月に一度、日暮里《にっぽり》の洋装品の問屋で生地とかボタン、ファスナーを買って、ついでにウチにも寄ってたけど、やっぱり〝友達もいなくて寂しい〟とこぼしてたな。だから、〝下谷に帰って来いよ〟と言ってたんだけどね。ここへきても、〝早く帰らなきゃ〟と次郎さんのことをいつも心配していた。次郎さんが外出するときはいつもツネちゃんが寄り添って、本当に仲のいい夫婦だった」

次郎さんは、自宅に掲げていた「指圧院」の看板を数年前に取り外してからは、馴《な》染《じ》みの客を相手に週に三、四人、マッサージする程度だった。そのうちの一人が、事件の第一発見者となったK氏（五二）である。皮肉なことにK氏は富士銀行春日部支店の元行員で、福田夫妻の担当でもあった。ツネさんと同郷の新潟県出身ということもあり、担当を離れてからも付き合いは続いた。K氏は週末毎《ごと》にマッサージに通い、時には自らクルマを駆って買い物や次郎さんの好きなパチンコ、民族音楽のコンサートへ行くなど、実に親身に接している。

福田夫妻は二人きりの生活に一抹の寂しさを感じながらも、親戚知人の励ましのお陰で、毎日を前向きに生きた。子供達はそれぞれ家庭を築き、孫五人にも恵まれ、幸せな老後を送っていたのである。その幸せが突然、信頼していた銀行員の凶行によって断たれたのだから、残された遺族の怒りと悲しみは想像するに余りある。仙台在住の長男が語る。

「犯人に同じ恐怖を味わわせて殺してやりたい。どうして真面目《まじめ》に、一生懸命働いてきた両親が殺されなければならないのか。私は、ああいう人間を採用した富士銀行にも大きな責任があると思います。絶対許せません」

岡藤輝光が富士銀行へ入行したのは平成元年四月。つまり、福田夫妻が宮代町へ移り住んだ翌年である。折からのバブル景気に煽《あお》られ、銀行の採用人員も大幅にアップした時代だ。富士銀行の場合、大卒総合職は昭和六十年の二百四十人から平成元年五百三十人、平成三年には五百六十人と、二倍以上に増えている。当時の就職事情を、福岡大学ラグビー部の同期が明かす。

「普通、福大クラスでは経済学部でも大手都市銀行はまず無理です。でも、あの頃は違うとりました。とくに体育学部は、団体生活で鍛えられて素直で身体も頑健だから、と大手の証券会社とかメーカーから求人がバンバン来ていた。富士銀行は、私らの一期先輩が入って途《みち》をつくり、翌年その先輩がリクルートに来まして。そこで手を挙げたのが岡藤でした」

つまり、岡藤は巷間《こうかん》言われるところのバブル社員だったわけだ。バブル経済がなければ、福田夫妻の入谷の家が地上げされることも、岡藤が富士銀行へ入行することも、そしてバブル崩壊による不況と貸し渋りで運送業者に泣きつかれることもなかっただろう。

父の背中を見て

岡藤は妹弟がひとりずついる三人きょうだいの長男である。妹が、事件を知ったときの衝撃をこう語った。彼女の唇は震えていた。

「七月八日の夕方、夕食の後片付けをしているときでした。テレビから、富士銀行春日部支店、と聞こえてふっと見ると兄の名前が出ているじゃありませんか。もうびっくりしてしまって、すぐに福岡の実家に電話しました。母に〃お母さん、知っとるの、お兄ちゃんが逮捕されたよ〃と言うと、母も何がなんだか分からない様子でした。そのあと、事件の第一発見者が富士銀行のひとだと知って、私、どうしても兄の犯行だと信じられなかったから、〃もしかしたら身代わりになったのかも〃と思ったほどです。それほど、ひとがいい優しい兄でした」

岡藤には、妻と二人の男の子（三歳と一歳）がいる。妻とは学生時代からの付き合いで、岡藤が四年のとき、ラグビー部の一年生マネージャーという関係から交際が始まった。妻は岡藤のことを愛情を込めて〃テルテル〃と呼んでいた。

「本当に子煩悩《こぼんのう》な兄で、よその子供にもすぐ好かれるんです。ウチの子供は親ともあまり手を繫《つな》がないのに、兄に会うと仲良く手を繫いでいました。奥さんが〃テルテルはいつもああなのよ。本当に子供に好かれるの〃と言っていたのを覚えています」

福岡市の実家は当初、雑貨屋を営み、岡藤の大学在学中、酒屋に転業している。中学時代、バスケット部で活躍した岡藤の日課は、家の前に数台ズラリと並んだ自動販売機の商品の補充だった。

「決められたことはキチッとやっていました。穏やかな性格で、ケンカをするとか、衝動的に暴力を振るうとか、そんなことは一度もありません」

高校は進学校の県立筑紫高校へ入学している。入学早々、そのがっちりした体格を見込まれ、ラグビー部に入部。筑紫高校は県内でも有数のラグビー強豪校で、岡藤が二年のときは県大会で優勝し、花園にも出場している。福岡大学体育学部へはラグビーの推薦枠で入学し、三年からレギュラーに定着した。ポジションはフロントロー。スクラムの最前線という、地味ながら肉体的に最もハードなポジションだ。腰痛や肩の脱臼《だっきゅう》など、故障に苦しんでいた岡藤の姿を、さきのラグビー部同期は記憶している。

「フロントローにしては小さかったけん、身体ば痛めるとですよ。岡藤は体格のハンディを練習でカバーしようと必死でした。よう走っとりました。他のメンバーがサボッても、あいつだけは手を抜かん。コツコツ努力するタイプです。性格は穏やかで、自らラフプレーを仕掛けることはなく、むしろ止めに入るほうでした」

四年のときは、キャプテン、バイスキャプテンに次ぐナンバー3のフォワードリーダーにも選ばれ、率先して練習に励んだという。寮やアパート暮らしの同期、後輩を実家に招いて、母親の手料理を振る舞うこともあり、仲間思いの人情家で知られていた。

「あいつは不器用なんです。だから、必要以上に頑張ってしまう。とくに体育学部なんて、脳味噌《のうみそ》まで筋肉でできたイエスマンと思われとるから、岡藤も先輩の顔を潰《つぶ》さんようにと、必死やったと思います。それに福大ラグビー部は、ぼくらが卒業した二年後に〝トカレフ事件〟を起こしとるし――」

この事件は平成三年十一月、福岡大学ラグビー部の部員二人が暴力団組員の銃撃事件に関与し、拳銃《けんじゅう》を自宅アパートに隠すなど全面的に協力していたという大学始まって以来の不祥事で、ラグビー部は一年間の休部を余儀なくされている。

「銀行でも肩身が狭かったと思います。岡藤は考え込むタイプやけん、一人で背負いすぎたとですよ。ぼくら、カネはなかけど、友情は誰にも負けんです。相談してくればよかったとです。銀行なんか辞めて、福岡へ帰ってくれば、仲間がいっぱいおるし、幾らでもやり直しができたろうに」

穏やかで真面目でお人よし。今回の事件からは想像もできない岡藤の人間像だが、実はもうひとつ、重要な事実がある。岡藤の育った家庭環境だ。事件後の報道はすべて、実家は酒屋と報じているが、これだけでは十分ではない。岡藤の父親の仕事が抜け落ちている。五十五歳の父親は運送会社のトラックドライバーである。しかもただの雇われドライバーではない。

岡藤の母親の兄（伯父）が重い口を開いてくれた。場所は福岡市近郊にある、従業員二十名足らずの小さな運送会社社長室である。

「あれ（岡藤の父）がここへ来たのは、中学を卒業して三〜四年たった頃やったと思います。昭和三十六〜七年で、確か職安の紹介でした。私も会社を興したばかりで、猫の手も借りたいほど忙しかった。働かせてみると、これがよう動くし、性格も真面目でしてなあ。うちに呼んでメシを食わせたり焼酎《しょうちゅう》を飲ませたりしとるうちに、妹と仲良くなりまして。それで〝この男なら大丈夫やろう〟と私が見込んで結婚をさせてやったとです」

毎日二十〜五十トンのトレーラーを運転して、九州一円に建築資材を届けるという重労働である。その一方で生計の足しに、と母親が雑貨店を始め、これが現在の酒屋へとつながる。

「あれは働き者じゃから、ここが終わるとまっすぐ帰って店の仕入れや配達をやるんですな。自分が中卒で学歴がないから長男の輝光だけは大学にやろうと一生懸命でした。自分では食うもんも食わんと、子供達を太らかしたとです」

バブル崩壊後は、会社の経営も厳しい状況が続いているという。

「小さな運送会社の経営は大変ですばい。常に動いとらんとすぐ倒れてしまう。とくにバブルの後は青息吐息で、あれは一番のベテランドライバーじゃから、率先して大変な仕事をしとる。最近は荷主さんも高速料金をもってくれんことが多かから、一般道を行くんですな。鹿児島までだと、夜八時に出て、到着は朝五時です。それで仮眠をとって帰ってくる。しかも、自宅を酒屋に改築したローンも残っとるし、とにかくあれは身を粉にして働いとります。そういう父親を見て育ったから、輝光は運送会社の頼みを断りきらんかったとじゃなかですか。こまい運送会社にとっては銀行だけが頼りですから、相手は必死に頼み込んだと思います。輝光は優しい子じゃから、ついつい受けてしまったとじゃなかですか。私は、そういう気がしてならんとです」

七十三歳の伯父は最後に、涙を滲《にじ》ませてこう言った。

「まさかこのトシになって、こんな落とし穴が待ち受けていようとは……。遺族の方々には、本当に申し訳無いと思うとります。私はこれから、輝光の両親を守って生きていきます。だから、輝光にはしっかり罪を償ってほしい。それしか言えんです」

妹もこう言う。

「小学校の頃、兄と一緒に父のトラックに乗って鹿児島まで行ったことがあります。母に二食分のお弁当、お握りとサンドイッチを作ってもらって。夜通し走って、大変な仕事だな、と思ったのを覚えています。私たちは一生懸命働く父の背中を見て育ったんです。それは間違いありません。兄はそれまでの融資担当から、春日部支店で初めて本格的な営業に出て、そこで小さな運送会社の本当に困っているひとを見て、なんとかしてやりたい、と思ったのではないでしょうか」

ある銀行関係者は、これからの銀行マンに必要な資質をこう説明する。

「この平成大不況で、営業現場は阿鼻叫喚の地獄絵図ですよ。中小企業は生きるか死ぬかの瀬戸際《せとぎわ》だから融資を得ようと必死です。しかも、銀行の営業担当はその場で何らかの答えを出さなきゃならない。〝なんとかなるでしょう〟なんて言おうものなら、言質《げんち》をとられて大変なことになる。貸し渋りの銀行と取引先の板挟みになって、夜も寝られない銀行マンはごろごろいます。融資できるか否《いな》かを即座に判断し、ダメならピシッと断る毅然《きぜん》とした態度がないと、いまの銀行マンはやっていけません」

九年間の銀行員生活を振り返ると、行内での評価は、可もなく不可もなし、といったところか。出世の度合いを見ると、同期トップ組は平成八年、課長代理となっているが、岡藤は七月一日の異動内示でもヒラのままだった。ちなみに平成十年九月時点では、同期のおよそ六割が課長代理となっていた。

杜撰《ずさん》な管理体制

富士銀行広報部では「リーダーシップをとるタイプではないが、特に問題となる行動もなかった。お客様からクレームが上がるような人間なら、営業はさせません。人事にもそのような報告は上がっていません」と言うが、本当だろうか。岡藤が担当していた宮代町内の自営業者はこう証言する。

「うちは富士銀行春日部支店とは十二年の付き合いがありました。岡藤が初めてウチにきたのは、平成八年の夏頃です。当時、父が三カ月定期で六千万円を預けていたので、岡藤は月に一度は顔を出していました。時間には正確で、遅れそうになると必ず電話がありました。でも、こっちから訊《き》かない限り、提案はしてくれない。おとなしくて真面目だけど、銀行マンとしては物足りない。そんな印象でした。岡藤を信用できないなと思ったのは、今年一月です。父親がガンで余命がいくらもないと分かり、預金残高や借り入れ金がいくらあるのか把握しようと、岡藤に来てもらうことにしたんです。ところが何の連絡もなくすっぽかされた。翌週もう一度約束したけど同じでした」

富士銀行春日部支店の対応も、木で鼻をくくったものだった。

「上司が出て来て〝そういうことがあったんですか〟で終わり。こっちは葬式代とかかかるから、六千万円の預金を担保に融資を受けたかったけど、それも断られた。結局、満期になった一千万を降ろして、その後、父が亡《な》くなってから全額解約したんですよ。すると、上司が今度は〝残してください〟と言ってきた。彼らはね、ウチの父の見舞いにも葬式にも来なかったんですよ。今にして思えば、岡藤はそれどころじゃなかったろうけど、それにしてもあの支店の対応はヒドすぎる。もちろん全額、他の銀行に移しました」

これだけのトラブルがあれば、要注意人物、として厳重にチェックしてもよさそうだが、残念ながら銀行側にそういった動きはまったくなかった。福田夫妻の長男もこう言う。

「岡藤本人の人間性もそうですが、なぜ、銀行は浮き貸しをチェックできなかったのか。あれだけのカネが不正に動いているんだから、常識で考えれば分かるはずです。私は、銀行の管理体制にも大きな問題があったと思う」

確かに富士銀行には、金融機関らしからぬ脇《わき》の甘さがある。バブル経済の時代は住友銀行と収益トップの座を争い『F（富士）S（住友）戦争』を繰り広げた揚句、なりふり構わぬ過剰融資に走っている。そのツケが平成三年に発覚した大阪府民信用組合（当時）への巨額の預金紹介事件であり、東京・赤坂支店で起こった不正融資事件だった。多額の融資をつぎ込んだ飛島建設の経営危機が表面化したのも同じ時期だ。杜撰な管理体制はこの銀行の変わらぬ体質のようである。

今回の事件に関する関係者のペナルティは以下の通り。まず七月十日付けで春日部支店長を更迭。岡藤が強盗殺人の罪で起訴された二十九日には橋本徹会長と山本恵朗頭取の減俸三〇パーセント（三カ月）、支店管掌副頭取の専務取締役降格を決めた。だが、大手都銀のなかでも特に経営状態が厳しいと伝えられる富士銀行にとって、この事件の影響は極めて深刻だ。経済記者が語る。

「平成九年十一月、芙蓉《ふよう》グループの一角だった山一證券が破綻《はたん》し、その影響で安田信託銀行の株も売られ、富士は支援せざるを得なくなった。おかげで株価は四分の一まで下落し、〝芙蓉グループ〟の危機とまで言われた。そこへ今回の事件だから、顧客への信用の失墜は甚だしい。行員の士気にも影響して、セールスも意気が上がらない状態が続いています」

平成十年四月三日、つまり事件が発生する三カ月前、千代田区大手町の本店講堂で開かれた全国支店長会議の席上、山本頭取は「一九九八年はボトム（底）からの再出発になる」と訴えたが、底はまだまだ見えていなかったことになる。

「なぜ自殺しなかったんだろう」

これほどまでに重大な事件を引き起こした岡藤だが、殺意の芽生えた時期となると分かりにくい。自供によれば事件当日の朝、岡藤は八時過ぎに出勤し、十時前には外回りに出ている。

「支店の営業車で姫宮駅西口まで行き、そこから徒歩で福田さん宅に向かっている。殺害に使うヒモはクルマで向かう途中、購入し、しかも事前に電話で福田さん夫婦が在宅であることを確認しているから、計画的な犯行であったのは確かです」（県警詰め記者）

犯行後は何食わぬ顔で通常の業務に戻り、異動に伴う得意先の引き継ぎ等を行っている。そしていま一度、事件全体の流れを見るなら、殺意の芽生えは事件前日の七月一日、つまり本店融資部異動の内示があった時点と思わざるを得ない。福田夫妻をどう説得したところで、自分が春日部支店を去る以上、不正の発覚は時間の問題なのだから。

しかし、ここに重要な証言がある。妹が犯行前夜の様子をこう語ってくれた。岡藤の住まいは、埼玉県草加市内にある富士銀行の家族寮である。

「兄には、今回の異動は前々から分かっていたようです。少し前、実家の母が兄の好物の博多ラーメンを送ろうと電話を入れたところ、まだ転勤先が分からないから、と断っていますから。でも、七月一日の夜、兄は実家に電話で異動の報告をして、〝やっぱり博多ラーメン送って〟と伝えています」

千代田区大手町の本店までなら、草加から十分に通勤できる。

「兄は〝これから勉強もせんといかん〟とやる気満々だったそうです。だから、私はあの夜はまだ、事件を起こす気はなかったと信じています。何を考えていたかは分かりませんが、殺すなんて気持ちは微塵《みじん》もなかったと思います」

だとすると岡藤にはその後、妻と子供二人の寝息のなかで、徐々に殺意が芽生えていったのだろうか。

妹は、兄への思いをこう吐露する。

「私は、事件のことを知ったとき、なぜ、兄は自殺しなかったんだろう、と思いました。何の罪もない人を殺《あや》めるくらいなら、自殺すべきです。ただ私は、本人も（自殺を）考えたと思います。でもできなかった。家族のことを、子供のことを思うと、踏み切れなかったのでしょう。でも、こうやって時が経《た》ってみると、今は生きていて欲しい、と心から思います。遺族の方には本当に申し訳無いのですが、ああいう兄でも、私にはたった一人の兄です。やっぱり見捨てることはできません。生きて、自分がどんなに恐ろしいことをやったのかをよく考えて、罪を償ってほしい」

妹は、拘置中の岡藤に面会に赴いた際、なぜ、事件を起こしたのかを訊いている。

「兄は悲しそうな顔で〝そのことは訊かないでくれ〟と、言うばかりでした。そして〝肩身の狭い思いをさせて済まないな〟と。私は〝それは大丈夫よ〟と……私が泣いてしまうと、〝泣くなよ〟と、まるで慈母のような優しい顔で言うのです。どうしてあんな優しい顔ができるんだろう、と考えたらふっと分かった気がしました。あれは死を覚悟した顔です。早く死んでしまいたい、とその顔は語っていたんです。父には〝弁護士はいらないから、その分を子供達に廻して〟とお願いしたそうです。でも、なんとか説得して、私選の弁護士さんをお願いすることにしました。私は、遺族の方の悲しみを考えると胸が潰れそうです。一刻も早くお会いして謝罪したい。でも、兄には生きていてほしいんです」

生きていてほしい——妹は、この言葉を何度も口にした。何の罪もない老夫婦を殺害し、肉親を絶望のどん底に突き落としてまで岡藤が守りたかったものとはいったい何だったのか。

私は、事件の真相を問う手紙を岡藤に対して書いた。五日後、返事が届いた。そこには、丁寧な筆致で、〝マスコミを通して話す気はありません〟と記してあった。

八月下旬、朝から土砂降りの日だった。私は警察署の留置施設に拘置中の岡藤を訪ねた。午前九時半。岡藤は面会を了承した。

警官一名に付き添われ、面会室に現れた岡藤は、白の長袖《ながそで》のトレーナーに、紺のスラックス姿だった。写真で見た印象とはだいぶ違う。ふっくらしていたはずの頬は少しこけて、銀縁のメガネをかけている。ゴワゴワと盛り上がっていた髪もきれいに真ん中から分けられ、サラッと流れるように額にかかっている。そしてなにより、外回りで陽に焼け浅黒かったはずの肌は真っ白で、唇がそこだけ紅をさしたように赤い。全身から、力を抜いた柔らかさが漂う。ただ、太い首と、猫背ぎみの広い肩と背中が、鍛え上げたラグビー選手の名残を伝えていた。

岡藤は、私が面会に来た理由を述べる間、じっとこちらを見つめていた。感情の色が浮かぶことはなかった。淡々とした目、とでも言えばいいのだろうか。だが、私の話が終わると、顔全体にポッと薄い、自嘲《じちよう》的な笑みが浮かんだ。岡藤は、ゆっくりとした口調でこう語った。

「手紙にも書きましたとおり、マスコミを通して私から話そうという気持ちはありません。すべては、刑事さんに話してあります。私はこれからの裁判で事実をありのままに話し、法の裁きを素直に受けようと思っています。今回の事件について弁解の余地はありませんし、する気もありません。私と何らかの形で関わってきた多くのひとたちを裏切ったのですから、私はすべてを正直に話して、法の裁きを受けます。それだけです」

今の心境は、と訊くと、少し間が空き、次のように語った。

「今は、これから私に残された人生を、どのように生きていけばいいかを考えています。ただ、法の裁きを受けるだけで、私の罪が償われるとは思っていません」

あとは何を訊いても、「裁判ですべてを話します。そこで謝罪します」と、繰り返すだけだった。

私が席を立つと、頭を下げ「遠くから足を運んでくださってありがとうございました」と言い、ドアの向こうへ消えた。

岡藤は、実家に置いたままの自分の愛読書を、母親に頼んで差し入れてもらっている。富士銀行入行前後に読んだという『竜馬《りょうま》がゆく』（司馬遼太郎・著）全巻である。人生を踏み外し、出口のない闇《やみ》に迷い込んだ岡藤はいま、希望に燃えていた頃の自分に思いを馳《は》せているのだろうか。

岡藤は公判で、殺害当時の心情を「大学に進み、スポーツもできる自分は両親やきょうだいの誇り。裏切りたくなかった」と語った。

事件から一年三カ月後の平成十一年九月二十九日、浦和地裁は検察側の死刑求刑に対し、無期懲役の判決を下している。そして、東京高裁もこの判決を支持（平成十二年十二月二十日)。検察側は上告期限の翌十三年一月五日午前〇時までに上告せず、岡藤輝光は無期懲役囚として収監された。

警察を煙《けむ》に巻いたホストと女子大生の「ままごと」

――札幌「両親」強盗殺人事件

十一月半ばをすぎた札幌は、深更の気温が零度前後まで低下し、雨と雪が交互に吹きつける。北海道検察史上、屈指の凶悪事案に数えられる道庁職員夫婦殺人事件が発生したのは、平成三年十一月二十二日未明のことだった。

事件前日の二十一日午後十一時三十分頃、札幌市北区新川四条八丁目在住の北海道中央児童相談所一時保護課長、池田勝明《いけだかつあき》氏（四五）＝当時、以下同＝の自宅前に、ライトを消した一台の高級乗用車が音もなく停車した。

謹直《きんちょく》を絵に描いたような勝明氏と妻の泰子《やすこ》さん（四五）は、長女を居間に残し、午後十一時頃、二階の寝室へあがった。その寝室の灯かりが消えるのを待って、件《くだん》の乗用車からひとりの男が降り立った。閑静な住宅街に人影はなく、底冷えする夜気のなか男は手にした黒いボストンバッグを握りかえると、池田家の門扉《もんぴ》をゆっくりと開けた――。

年が明けた平成四年一月二十六日午前、行方の分からなくなっていた池田夫妻が惨《ざん》殺《さつ》死体で発見された。東区中沼町。江別市との境に広がるモエレ沼の湿地帯で、建設会社の資材置場が点在する荒涼とした原野である。

夫妻の遺体は、深さ二メートルの地中から掘り出された乗用車（池田氏所有）の後部座席に押し込められていた。全身をメッタ刺しにされたうえ、車ごと焼却されていたため、遺体の損傷は目を覆《おお》うばかりであった。

〈夫勝明の死体の状況は、全体に泥まみれで……背部の皮膚は熱変化して皮下組織および筋肉を露出……下腿《かたい》部の燃燬《ねんき》が強く足首より下がほとんどなく、頭部も熱変化して骨が露出し、その表面が炭化している……顔面は上半分が焼失して目鼻の区別が容易につかない……口を歪《ゆが》めて開いた苦悶《くもん》の表情をしている〉（論告要旨から抜粋）

布団《ふとん》に簀《す》巻《ま》きにされた泰子さんの遺体も、勝明氏同様、黒焦《こ》げだった。直接の死因は、ともに刺傷による失血死。司法解剖の結果、勝明氏は前胸部左側を鋭利な刃物でひと突きにされていた。傷は左肺上葉前面下端部と心嚢《しんのう》の左側を貫通し、刃先が心臓の中隔まで達していた。

泰子さんは背胸部に三カ所、後頸《けいぶ》部に深さ長さともに約一センチの刺切創があり、致命傷になったのは深さ五、六センチにおよぶ背胸部の刺傷である。

遺体が発見された同じ二十六日の夜、札幌白石署および捜査本部は、殺害された池田夫妻の一人娘真美（一九）＝仮名＝と、その愛人のイベント会社社長、安川奈智《やすかわなち》（二四）を逮捕した。両人とも前科前歴はなく、数日前から個別に事情を聞かれていた。

真美は事件当時、北星学園大学文学部英文科に通う現役の女子大生。身長百六十六センチのスラリとした肢体。タレント渡辺満里奈似の愛くるしい顔立ちをしている。両親との仲は良く、週末は家族でよくドライブや買物に出かけていた。近所や友人、学校関係者の評判もきわめて良好。やさしく思いやりがあり、礼儀正しい女性として周囲は真美を評価していた。

マスコミや法曹関係者の見方は概して真美に同情的だった。起訴後、真美はキリスト教に帰依《きえ》し、公判態度も真面目《まじめ》に映った。しかしこれに異を唱え続けたのが主犯格とされた安川である。

安川は平成十一年暮れの最高裁による上告棄却まで、一貫して「真実を明らかにすることが僕にできること」と主張した。

安川の生い立ちは、真美とは対照的に屈託に満ちている。小学校二年生の時に両親が離婚。看護婦の母親に引き取られ、横浜市から北海道旭川《あさひかわ》市内に転居した。経済的に恵まれぬ北海道での暮しは、幼い安川に物心両面の不充足を強いる。安川は忙しい母親になりかわって妹の面倒をみたり、新聞配達のアルバイトに精を出す少年時代を送った。

学校の成績は優秀。長じて道立旭川南高校から私学の名門北星学園大学文学部に進学。大学での面識はないが、真美とは英文科の先輩後輩の関係にある。安川はススキノでホストなど水商売のバイトをしながら、北海道教職員高等学校および中学校英語一種免許を取得している。普段から身につけるものといえば、エルメスやアルマーニといった高級ブランド品ばかり。眉《まゆ》を描き、腕にはロレックスの時計を巻いていた。

初公判は、逮捕から三カ月後の平成四年四月二十日。札幌地裁に出廷する安川に対して報道陣のカメラが容赦なく向けられた。係官に付き添われ俯《うつむ》き加減に歩く姿には、かつて学生ビジネスに手を染め、六十人の女性遍歴を吹聴していた驕慢《きようまん》な男の面影はなかった。サラサラの前髪に隠された整った顔だち。頬がこけ、瞳《ひとみ》は暗く沈んでいた。

裁判は分離公判とされ、証言台に立った真美と安川は互いに憎悪《ぞうお》を剝《む》き出しにした。安川が「犯行は真美主導で行われた」と主張すれば（平成四年六月十二日の公判）、証人出廷した真美はこれを否定。返す刀で安川主導説を訴えた（同年七月十五日）。

その後も真美は、「私は母親を一度も刺さなかった」（同年八月二十一日）、「全部、私のせいにされている」（平成五年五月十一日）などと証言。判決直前の法廷では「安川と知り合わなければ、このようなことにはならなかった」（平成六年一月二十七日）と涙を流した。

二人の供述は、馴《な》れ初《そ》めから犯行の詳細にいたるまでことごとく食い違った。真美は一審で無期懲役となり、いったんは控訴したが、その後、訴えをとり下げている。一方、上告審まで争われた安川の量刑について、上告棄却を決定（無期懲役が確定）した際の理由が、平成十一年十二月十九日付朝日新聞社会面に紹介されている。

「（安川）被告が犯行を指示していたことが認められる……しかし、女性（真美）が主体的に関与したことも否定できず、女性に言い渡された無期懲役と歴然とした差のある極刑にすべきだとまではいえない」

文面からは、判事たちの苦衷が容易にうかがえる。ことほどさように二人の供述は具体性に富み、かつ迫真力に満ちていた。

以下、膨大な裁判資料をもとに二人の証言を検証してみる。

子供じみた同棲《どうせい》生活

安川と真美が始めて出会ったのは、平成三年の五月下旬。札幌駅前で行われたイベントコンパニオンのオーディションに真美が応募し、その面接を担当したのが安川だった。間もなく二人は交際を始めるが、すでにこの頃、真美の胎内には高校時代から交際していた別の男の子供が宿っていた。当時の安川の言動について、真美がこう証言している。

「自分はプロダクションの社長で、副社長はフランス人。会社には外人プロデューサーや若いモデルが在籍し、大企業のJALや西武等と取引がある」「彼女がニューヨークに行って、昨年、別れた。すごく寂しい」等々。

虚言というにはあまりに他愛なく、子供じみた安川の甘言に、真美はのぼせ上がった。もっとも真美に言わせると、傍目にそう見えただけであって、自分は安川の強引さに押し切られた被害者ということになる。

〈不用意にも被告人（真美）はアルバイトの始まる直前に安川の自宅兼事務所（市内中央区のマンション）に出かけ……安川に睡眠薬を飲まされ本人も気づかない間に強姦《ごうかん》されている〉（冒頭陳述より）

対する安川は、こうした事実関係を強く否認。最初から真美が「軽いノリの女だった」と強調した。ともあれ、真美は安川のマンションの合鍵《あいかぎ》を持たされ、部屋に入り浸るようになった。交際から二カ月目の七月に入って、真美は堕胎手術を受け、翌八月から同棲生活が始まった。

二人はドナルドダックの縫いぐるみを二個購入し、「プパ」「プパプパ」という幼児じみた名前をつけて、四人家族に擬していた。だが、そんなままごとのような生活も、ひと月余りで幕を閉じる。池田夫妻が二人の居所を探し当てたのだ。

この年（平成三年）の八月に立ちあげたばかりの安川の会社は、開店休業状態にあり、当時、二人は生活費にも窮していた。安川は池田夫妻に自分たちの生活が奪われると思いこみ、奇矯な行動が目立つようになったという。以下は、真美の供述である。

〈両親に同棲がバレそうになって、（安川）奈智さんは、「お前の親は常識がない」「もう許せん。消してやる」――そんなことを口走り、明け方まで怒鳴り続けていました。痣《あざ》ができるほど殴られたり……性的な嫌がらせも酷《ひど》くなる一方でした。一日に五、六回は身体《からだ》を求められました。ガムテープで口を塞《ふさ》がれたり、野菜やカラオケマイクを（性器に）入れられたり……ＳＭの道具で吊《つ》り下げられたり、自分の尿を飲まそうとしたことだってありました〉

真美によれば、二人は昼頃起きて、ビデオやテレビを観《み》ながらゴロゴロする毎日を送っていた。生活費は真美の貯金と、ホステスのバイト代で賄《まかな》った。安川はといえば、気が向いた時にアルバイト雑誌を開き、鍵屋の仕事を探すだけ。安川は一種の鍵マニアだった。

そのうちに安川は、真美がホステスのバイトに出かけることさえ嫌がるようになり、二人は部屋から一歩も出なくなる。「人を殺さなければ、金持ちにはなれない」「世の中は汚い。人間は薄情で、誰も信用しちゃいけない」。ほどなく安川の口から、具体的な池田夫妻殺害計画が語られたという。

真美は当時の心境を、こう説明している。

〈私は両親がいくら心配していようと、奈智さんと生活できればよかった。別れることなんてできないし、あの人を手伝わなければならない。そう思うようになっていた〉

もちろん安川は、一連の真美の供述を一笑に付している。だが、この安川の人となりについては、事件当時、彼と肉体関係にあった女たちが警察の事情聴取に応じ、興味深い証言を残している。人妻のY・N、M・T、T・S、E・Kの四人全員が、安川から保険金目当てで亭主を殺害する誘いを受けているというのだ。こうした事実が裁判で明るみに出ると、安川は全面的に否認したうえ、Y・Nに対し拘置所から脅迫的な手紙まで送りつけている。

犯行の全容について、先に自供したのは安川だった。その主張は多分に偏執的で、すりかえも多かったが、事実関係についてはほぼ一貫していた。

対する真美の供述は、捜査段階で幾度も変遷《へんせん》した。取り調べに当たった道警の警部補と巡査部長は真美の印象をこう述べている。

「初めて顔を合わした時（平成四年一月二十六日）は、水商売風の印象が強く、態度も反抗的。ひねくれた感じで、表情も相当に険悪だった。質問すると、任意か強制かと聞き返してきた」

真美は精神鑑定を受けた際、酔った父親から性的な悪戯《いたずら》をされたなど明らかに虚偽と分かる証言もしていた。

さて、真美の語る犯行の全貌《ぜんぼう》は、次の通りである。

〈二十一日の夜遅く、奈智さんの車で実家のそばまで行き、そこから歩いて家に着きました。両親はまだ起きていて、父は居間でテレビを観ながら新聞を読んでいた……しばらくすると、母が二階から下りて来て、三人で雑談した〉

真美はかねてから用意してあった睡眠薬入りのお茶を自分のショルダーバッグから取り出し、両親に勧めた。勝明氏は少し口をつけただけ。泰子さんはまったく飲まなかった。

〈その頃、私はほとんどパニック状態になっていて、結局、持ってきたお茶を全部、自分で飲んじゃったんです。午後十一時頃までに両親は二階の寝室にあがって行きました。

それから三十分ほどして、奈智さんが玄関から居間にそっと入ってきた。彼は家の間取りもよく知っています。私はお茶を飲んでしまったこと、もう関わりたくないことを訴えました。奈智さんは、「うるさい。黙ってれ！」と怒りました。私はてっきりそれで諦《あきら》めてくれたものと思い、二階の自分の部屋にあがって、Ｔシャツに着替えて寝ました。

でも、奈智さんに無理やり起こされて、とうとう両親の寝室の前まで連れて行かれた。私が嫌がると、奈智さんに「お前、いい加減にしろよ。（お前の）裸の写真やエロビデオをバラまかれたいのか」と脅されました（※筆者注／押収された二人の所持品からは、真美の主張するビデオ類は発見されていない）。

包丁とネクタイを手渡され、両親の寝室に入りました。部屋は暗く、壁伝いに両親の枕元《まくらもと》へ進みました。奈智さんが父の足元の方へ移動し、大きな動作をしたような気配がありました。突然、ブキュッという物凄《ものすご》い音が聞こえ、父の鼾《いびき》が止まりました。

気がつくと、奈智さんが私の方へ近づいてきます。無我夢中で手にした包丁を母の足元の方に投げました。母の「なぁに？　どうしたの」という寝ぼけた声が聞こえ、奈智さんが母に馬乗りになったのが分かりました。そしてゴリッという身体にへばりつくような音が何回もして……私は耳を塞《ふさ》ぎ、寝室から飛び出しました〉

続いて、安川の供述である。

〈午後十一時三十分頃、手はず通りに真美がベランダから出てきて、勝手口から家の中へ案内されました。「まさか、あのお茶を飲んでいないだろうな」「そんなわけないでしょ。バカみたい」。小声でそんな会話を交わしたのを覚えています。居間で僕がバッグからネクタイを取り出していると、真美が台所から包丁二本と手ぬぐいを持ってきました。

いざとなると、なかなか踏んぎりがつかなくて、いったん真美の部屋へ入りました。午前一時頃、ご両親の寝室に行き、僕がお父さん、真美がお母さんの枕元に座った。そしてネクタイを首に巻きつけようとしましたが、うまくいかなかった。真美が包丁で刺すような身振りをし、二人とも包丁を逆手に持ち直して、「一、二の三」で同時に振り下ろしました。お母さんの「キャーッ」という悲鳴が聞こえました。

僕の包丁は骨に当たった感じもなくて、呆気《あつけ》ないくらい簡単に刃の半分くらい刺さりました。包丁を引き抜く時、柄の角にお父さんの肌着が引っかかった。

真美はお母さんの声にびっくりしたのか、寝室を飛び出して行きました。僕は夢中でお母さんに馬乗りになっていました。「お父さん、助けて！　真美ちゃんなの？まーちゃんかい」「私を殺す気なの？」。お母さんはエビのように丸くなり、その背中を二回、首の後ろを一回刺しました。いつの間にか、真美が傍らに戻ってきて、僕と背中合わせになってお母さんの下半身を押えていた〉

池田夫妻の遺体に残された刺切創は、概《おおむ》ね安川の証言通りであった。裁判の焦点は、泰子さんの背胸部に残されたもうひとつの傷（合計で三カ所）が、真美によるものなのかどうかという点に絞られた。

だが、真美の手にした包丁は、泰子さんの遺体が懐《ふところ》深く抱え込む状態で発見されたため、焼け焦げてルミノール反応すら検出できずに終わっている。

安川と真美は夫妻を殺害後、一緒に風呂《ふろ》に入り、寝室クローゼットから現金二十数万円のほか、各種証書、通帳、家具などを強奪。明けた平成四年一月六日までに解約や引き出し、売却等で都合六百八十万円を手にしている。二人は夫妻の失踪《しっそう》を自殺と見せかけるために遺書を偽造し、涙ながらの捜索劇も演じた。

奪ったカネのほとんどは、安川の銀行口座に振り込まれていた。まとまった出費は、遺体を処分するための原野購入費約百九十万円と重機等のレンタル代くらい。残りは温泉旅行や装飾品類の購入等でざっと五百八十万円を費消している。ちなみに逮捕時の所持金は、安川が三万九千三百六十二円、真美が二万三百九十五円だった。

詳しい犯行目的や殺害理由も謎《なぞ》のまま。真相を知るのは、今も獄中の二人だけである。

「自殺実況テープ」の出してはいけない中身

——葛飾「社長一家」無理心中事件

男は、女二人を殺した。妻と娘。この世でもっとも愛したはずの家族を、男は自らの手で絞め殺し、その死体を自宅に放置したまま、逃亡した。

事件が発覚したのは平成六年十一月十四日、場所は東京都葛飾《かつしか》区西新小岩。荒川を跨《また》ぐ平井大橋の袂《たもと》に建つ、公団賃貸マンションだった。数日前から、電話に応答がないことを不審に思った親族が訪ね、母娘の無残な死体を発見している。しかし、夫の姿は無く、その行方は杳《よう》として知れなかった。

夫、松田《まつだ》雅夫《まさお》は五十歳。ソニー・ミュージックエンタテインメント（以下、ソニーミュージック）の元社員で、当時は都内でクラシック音楽を専門に扱うソフト制作会社を経営していた。犠牲となった妻、敏子《としこ》（四九）は大学時代（信州大学）の同期生。長女、望《のぞみ》（二三）は東京女子大学の四年生だった。

雅夫は事件が発覚して五日後の十一月十九日早朝、長野県塩尻《しおじり》市内のホテルに於《お》いて、自殺体で発見されている。首を吊《つ》っての縊死《いし》だった。

「わたしはこれから一人で、敏子と望の後を追いたいと思います。うーん、正直言って、ちょっと怖いですね」

　雅夫は深夜、梁《はり》に架けたロープで首を吊り、絶命する瞬間までをテープに録音していた。

「気分を落ち着けるために、ビールを一杯飲みます。情けないですねえ。ハァー……フゥー……外は雨が先ほどからずいぶん強く降っています。ハァー……敏子と望が、〝いつまでウジウジしてんのよ。早くおいでよ〟なんて言ってるような感じがします」

　これは、自殺の実況テープである。録音時間は約四十分。この録音に耳を傾けた、ある人物は精神状態がおかしくなった、というホラーめいたいわく付きのテープである。事実、「新潮45」編集部がテープ起こしを業者に依頼した際も、そのあまりの凄《せい》惨《さん》さに、（テープ起こしの）担当者は最後まで聞くことができずに終わっている。

　雅夫はなぜ、妻子を絞殺したのか？　テープでは、その心情をこう説明している。

「ぼくがこの事業に失敗したからということで、例えば離婚するとか、あるいはぼくだけ、まあ消えちゃう、まっ、そういうことはぼくは出来ませんからですね、やったとしても、あのカミさんの性格、子供の性格を考えますと、まあとにかく、信じられないくらいの心の負担になって、何も出来なくなって、本当に心身ともにボロボロになってしまうんじゃないかなと思うんですね」

つまり、事業の失敗による無理心中、というわけだ。しかし、男はひとり生き残り、逃亡している。なぜ、逃げたのか？　なぜ、その場で命を断たなかったのか？

以下、テープに残された最期《さいご》の言葉を挟みながら、家族三人の軌跡と、殺した妻子を残し、十日間にわたってあてどのない彷徨《ほうこう》を続けた雅夫の心の内を探ってみる。

順風満帆の生活から

松田雅夫は昭和十八年十二月、長野県松本市に生まれている。父親は高校の国語教師で、兄二人も中学の教師という教育一家だった。地元の名門、松本深志《ふかし》高校を卒業後、上智大学に入学するが、翌年、改めて国立信州大学の教育学部音楽課程に入学し直している。

そのクラスメートに、後に妻となる敏子がいた。雅夫は学生時代から熱狂的なクラシックファンで、アルバイトで資金を稼いでは、東京で開催される内外の演奏家のコンサートに、毎月のように通い詰めたほどだった。

敏子とは卒業後の結婚を約束していた。音楽課程の学生は、ほぼ全員が音楽教師の道を選択したが、雅夫は例外的に大阪の音楽興行会社に就職している。敏子も、周囲から教師になることを強く勧められたものの、「教師になれば雅夫さんと一緒に生活できなくなる」と、断念した。昭和四十二年、大学を卒業した雅夫は奈良市の公団住宅に移り住んでいる。その後、松本市でピアノ講師をしていた敏子と結婚し、奈良で新婚生活を送った。しかし、雅夫の給料は月三万円程度で、生活は苦しく、敏子がピアノの講師として働き、家計を助けた。

二年後の昭和四十四年、雅夫はCBS・ソニーレコード（当時）に転職し、大阪営業所へ配属となった。そして四十六年、東京の本社勤務となり、埼玉県春日部《かすかべ》市の公営住宅に転居。生活は安定し、長女望も誕生した。一家は望が小学六年のとき、葛飾区西新小岩にある十四階建ての公団賃貸マンションに引っ越している。JR総武線の新小岩駅から徒歩十分。最上階の、荒川に面した見晴らしのいい三LDKだった。安定した生活を保障された一流企業のサラリーマンと聡明な妻、そしてひとり娘。順風満帆の生活に見えた。

しかし、平成三年、四十七歳でソニーミュージックを退職し、一人で音楽ソフト制作会社を設立して以後、状況は一変した。JR御茶ノ水駅前のマンション二部屋を月二十四万円で借りて事務所を構え、ベンツを乗り回す毎日。だが、市場の限られているクラシック音楽で、大きなビジネスが出来るはずもなく、直に運転資金にも事欠くようになり、借金を重ねた。そして三年、すべては破綻《はたん》した。

松田雅夫は身長百六十三センチ。銀縁のメガネに色白の肌のソフトな容貌《ようぼう》で、やり手のビジネスマンというよりは、真面目《まじめ》な音楽教師風である。テープに収められた声も、顔の印象から受けるイメージ通りの、淡々とした調子で始まっている。

「はい、松田雅夫が喋《しゃべ》っています。こんなことをする気は無かったんですけれども、いくら手紙を書いても仕様がありませんし、自分の気持ちを正直に言うには、これが一番いいかな、と思って、思いついたように喋っています」

雅夫は十一月十日早朝、妻と娘を殺害している。その日は、金融会社からの借金、二千八百万円の第一回目の返済日だった。その額七百万円。保証人は敏子と親族、知人の合わせて五人。しかし、敏子には返済の期日も、返済が困難なことも、何ひとつ、知らせていなかった。

「先月の十日頃から、ちょっと危なかったものですから、折りをみて話そうと思ったんですけれども、なかなかそういうきっかけもなかったんですね。もちろんその間、わたしの方としては金の策というんですか、資金のこと、もう本当に信じられないくらい一生懸命やったんですけれども、結局、最終的には十一月十日には間に合わない、と。翌十一日からは、もう矢のような催促がくるわけですし、捕まってしまえば逃れられなくなりますから、どうしても十日のうちに決めてしまわなければならない、と」

決めてしまう——それは妻と娘の抹殺を意味した。実は前日の九日午前、借金の保証人になっている雅夫の親族から自宅に電話があり、そこで初めて、敏子は返済日が明日に迫っていることを知る。帰宅した雅夫との間で、どのような話し合いがもたれたのか、今となっては知る由《よし》もない。しかし、両親共に小学校教師という、これも教育者の堅実な家庭に育った敏子にとって、身動きのとれない借金など、別世界の出来事だったはずだ。敏子と雅夫の性格は、コインの裏と表のように異なっていた。

「彼女は派手なことが嫌いで、金銭欲の希薄な、良妻賢母タイプの女性です。音楽教師になっていたら、素晴らしい人生だったと思います。野心家で夢想家の彼の経営のパートナーになれるような女性ではありません」（夫婦と親しい知人）

潔癖で地味な妻と、野心家で見えっ張りな夫。この二人の性格の違いを物語る出来事が事件の一年三カ月前、起きている。借金を巡る諍《いさか》いだった。

平成五年八月、雅夫は〝運転資金〟と称して敏子の親族から内密に二百万円を借りてしまう。半月後、二百万円を揃《そろ》えて返済し、なお二十万円を利息として差し出した。半月で二十万円。当然、敏子の親族は断る。しかし、雅夫は「おれの気持ちが済まない」と引かず、結局、「子供たちの小遣いに」と五万円を渡した。その後、借金の事実を知った敏子は、「夫婦なんですから、これからは何でも相談してください」と、雅夫に強く迫っている。

娘の望も、敏子同様、堅実な性格だった。

「努力家で、派手なことが嫌い。お小遣いをユニセフに寄付するような心優しい娘だった。敏子さんとは姉妹のように仲の良い母子で、時間が許す限り、いつも一緒に過ごしていました」（前出の知人）

望は父親の事業がうまくいっていないのを薄々勘づいていたのか、「お父さんの仕事がダメになったら、わたしが養ってあげる」と、健気《けなげ》にも語っていたという。事件当時、東京女子大学四年の望は大手の食品会社に就職も決まり、卒論の仕上げの真っ最中だった。しかし二十三歳の、希望と可能性に満ちた娘の人生は、実の父親によって無残にも断ち切られた。

彷徨の始まり

平成六年十一月十日木曜日に決行した妻子殺害の場面を、雅夫はこう説明している。

「十日の早朝に、敏子を、それから望に対しては〝母さん、病気でちょっと寝てるから、ちょっと、そっと、そっとしておいてやってくれ〟というような形にして、望と一回対峙《たいじ》してですね、それで朝食も食べ終わり、彼女の後ろから……カミさんと同じロープで、絞殺した、というわけです」

この朝、七時頃、近所の主婦が「たすけてーッ」という女性の弱々しい声を聞いている。

二日後の十二日土曜日、電話が通じないことに胸騒ぎを覚えた、都内在住の雅夫の姉がマンションを訪ねたが、応答は無く、公団事務所に鍵《かぎ》を開けてもらおうにも土日は不在で、帰宅するしかなかった。十四日月曜日、松本市から急遽《きゅうきょ》駆けつけた兄と共に再度訪ね、午後一時三十分、公団の委託を受けた錠前業者にドアを開けてもらい、内部に入った。

敏子の遺体は、玄関右脇《わき》の和室（四畳半）中央に敷かれた布団《ふとん》の中で発見された。

首にはロープで引き絞った跡の索条痕《さくじょうこん》がくっきりと残っており、顔には白色のバスタオル、身体《からだ》全体に夏用の薄手の布団が掛けられていた。早朝、まだ布団に入っているところを背後から絞殺されたとみられる。台所で殺された望の遺体は、奥のベランダに面した和室（六畳）にあった。望の自室であり、ピアノと本棚、整理ダンス、机に囲まれる形でベッドが置いてある。そのベッドに遺体は横たえられていた。布団が掛けられ、首には索条痕が。ベランダに面した、太陽光が差し込む部屋のためか、望の遺体は既に腐敗が進み、膨張していた。雅夫は、妻と娘を自らの手で殺した場面を振り返り、こう語る。

「本当に考えるだけでも、手も震え、身も震え、恐ろしいことなんですけども、そうする自分が一番怖いわけで、今思い出しても体中がぶるぶるしています。そしてわたし自身も、その後を追おうと思ったんですけれども……」

しかし、命を断つ代わりに、雅夫は妻と娘の死体を残して逃げ出してしまうのである。

「今月の一日に日光に家族で行ったり、十一月の三日の望の誕生日は歌舞伎《かぶき》を観《み》たりと。そんな中で〝あそこにも行きたかったなあ、ここにも行きたいねえ〟なんていう話を何かの形で聞いたことを思い出しましてですね。そうだ、おれとして出来ることを、せめてひとつ……死ぬのはいつでも出来ると……あんたたちの行きたいと言ったところを、時間の許す範囲で回ってみようと、思ったわけです」

家中のカネをかき集め、わずかに残っていた預金を解約し、当時レンタル契約していた白色のベンツに乗って、雅夫は旅に出た。最初に訪れたのは、神田駿河台《するがだい》にある『山の上ホテル』だった。御茶ノ水駅前のマンションにある雅夫の会社から、わずか三百メートルの距離である。

「十日。事件の当日なんですけど、その日は一度、『山の上ホテル』で……天麩羅《てんぷら》が美味《おい》しいですね。肉マンの美味しいこの『山の上ホテル』に泊まってみたい、なんてことが言われてましたもんですから、ぼくとしても『山の上ホテル』で一泊してもいいなあ、と思って、十日の夜、泊まりました」

翌十一日、東京を離れている。向かった先は名古屋。以後、家族三人が過ごした東京へ、帰ることはなかった。

「そうだ、カミさんはまだ一回も海外へ連れていっていなかったんだ、と思いましてですね。そうだ、今だったらそんなに混んでいないわけだから、ウィーンとか、ミュンヘンとか、あの辺に連れていってあげよう、という気持ちで行動を始めました。でも、成田だと、もしかしたら十日のことが分かっちゃってて、手配されているかもしれないから、とりあえず名古屋空港に行きまして。名古屋空港から韓国航空《ママ》で行けば安いし、ということで、韓国にとりあえず渡ろうと思いまして、十一日の夜は東京を出て、名古屋の小牧空港の近くのホテルに一泊しました」

なにやら家族三人で旅行に出ている、と思い込んでいるかのような物言いが頻繁に出てくる。雅夫は二人の死体から切り取った遺髪を持ち、ベンツを走らせていた。

このテープでは語られていないが、雅夫は東京を離れる前に帝国ホテル内の『日比谷花壇』から花を贈っている。宛《あ》て先は葛飾区西新小岩。妻と娘の死体が放置されたままになっている、自宅マンションだった。添付されたメッセージカードには「地獄から天国へ行きます」と記してあったという。

「翌朝（十二日）、ファーストクラスしかなかったんですけど、六万円くらいでしたので、とりあえずチェックインします」

しかし、VIPルームで一時間ほど過ごすうちに心変わりしてしまう。

「そうだ、海外へ行くよりも、日本でも見ていないところがまだいっぱいあるし、日本の良さもまだそんなに知っていないんだし、ということでですね、ハッと思いついたのが、〝そうだ、いまなら外国へ行っても冬だ〟と。冬の寒い時にクルマを運転できないのは困る、と。考えてみればそうですよね。突然のことですから、国際免許の手続きもしていない、と」

　国際免許は取得していなくても、この時点でパスポートは用意していたことになる。海外への高飛びも考えていたのだろうか？　ともかく、海外行きを止《や》め、向かった先は伊豆半島の下田だった。

「やはり昔から海を見たがっていましたし、日本を好きでしたので、とりあえず名古屋から下田へ行きまして、『下田プリンス』に一泊しました」

　伊豆の次は箱根、そして富士山である。

「翌日（十三日）は下田から箱根に行きまして、『箱根プリンス』泊まりです。富士山を近くで見たいと、太平洋の側から見せてあげたいなあ、と思ったからですね」

　翌十四日は、敏子と望の死体が発見された日である。東京が大騒動になっていることの日、雅夫は河口湖畔《はん》にある『富士ビューホテル』に宿泊している。窓いっぱいに雄大な富士山が見える、抜群のロケーションだった。

「夕方は全然ダメでしたけども、朝はもう、ほーんとに信じられないくらい、美しい富士山を見ることができました」

「富士山に関しては、一番いい姿を全部見せてあげられたんじゃないかな、と思います」

家族三人で旅行を楽しんでいるかのような穏やかな口調だが、その一方で、自ら命を断つ覚悟も語っている。

「わたしとしてはですね、死に場所をいつも求めていたわけですね。常にいつも持ちまして……死ぬいましたものを、テレビ用のアンテナコードですね。常にいつも持ちまして……十日、殺害に使用意をしていました。それ一本では足りないと思いまして、白の、倍くらいの長さのコードも、常に持参してました」

同時に、警察の追跡への警戒も強めている。

「クルマで移動するわけですから、クルマの手配がされては困る、と。だからパトカーに停止されたら、華々しく……事故死でもしてやろうかなと思いましてですね。わたし、助手席にいつも、えー、ガソリンは買えないものですから、メチルアルコール三本とですね、後ろの席にはベンジンを三本の、ペットボトルというんですか、置いておきました」

「パトカーから停められても、ライターを擦ればいい、と。あるいはカーシングライターをつけてさえおけば、いつでも使えるということで、そういうような状態の緊張した中で走っていましたので、死に対する恐怖はありませんでしたけれども、逆に言うと、死に対する憧《あこが》れのような形で走っていたのは確かです」

遺髪を飾り、花を飾り

十五日の朝、河口湖を後に、ベンツを走らせた次の行き先は奈良だった。目的地は皇室の定宿として知られる一流ホテル。この、総檜《ひのき》造りの純日本建築で有名な名門ホテルへの宿泊を〝娘、望の希望だった〟と、こう語る。

「三月になったら奈良へ行きたい、〇〇ホテル（筆者註・テープではホテル名あり）に泊まりたいんだけども、予約していいか、というような話もいっていたのを思い出しまして。（中略）わたしはもうそこで最後にしようということを心に誓っておりましたものですから」

最期の地、と定めたホテルだが、投宿する前に立ち寄った場所が二箇所あった。

「河口湖からわたしが一番最初に行ったのは、昔、わたしたちが新婚生活を送った奈良市中登美《なかとみ》団地です。あまりの変わりようにビックリしてしまいましたけれども、とても紅葉が美しくって感動的でした」

二十七年前、貧しくとも希望に満ちた結婚生活をスタートさせた公団住宅だった。妻と娘を殺し、彷徨《ほうこう》の果て、死を覚悟した雅夫の心にはどのような思いがよぎったのだろうか。次に訪れたのが、東大寺の境内にある二月堂と三月堂だった。

「手摺《てす》りから見る夕陽というのは大変美しくって、東大寺の屋根、それから生駒山《いこまさん》、その他、大変よく見えましてですね、五時まで真っ赤な夕焼けを、四十分近く佇《たたず》んで見ていました」

その夜、奈良市内のホテルに投宿した雅夫は、最後の〝儀式〟を執り行う。

「わたしは、敏子と望の分の食事もとりまして、二人の遺髪を飾り、花を飾り、陰膳《かげぜん》と一緒に最後の食事をしました。まだまだ、名残惜しい気持ちでしたけれども……」

日付が変わって十六日の午前二時過ぎ、雅夫は自殺を決行する。しかし――。

「鴨居《かもい》に……敏子と望に使ったブルーのコードをかけてですね、自分の、もちろん自分の首に回して……（中略）ちっちゃな鏡台に名刺を置いてたんですけども。で、鴨居に完全な形で結びつけてですね、わたしは本当に、まったく自然に足の下にあった椅子《いす》を蹴《け》ったんですけれども……いま、こうしてまだ生きているということ。これをどう説明したらいいのか分かりませんけども、とにかくわたしは、あのー、その後、突然ですね、時間が長いのか、時間が短いのか、一瞬なのか、一時間、三時間以上、経《た》ったのか。まったく覚えていませんけれども……」

時折、自嘲《じちょう》的な含み笑いを漏らしつつ、冷静な口調で失敗した首吊り自殺の模様を振り返る。

「痛さとですね、それとすごい悪い酔い方をしてるんじゃないかなあ、という感じで、部屋の中をズタズタ走り回ってですね、フフッ、あっちこっち傷だらけになったんですけれども」

意識が覚醒《かくせい》してくると、現場の凄惨《せいさん》な状況が眼前に広がった。それは、想像を絶する光景だった。

「首吊りの途中で紐《ひも》が切れて、そしてテレビコードが切れて、下に落ちてしまったんですね。真下に落ちたといっても、その周りはですね、とりあえず、あのー、自殺者特有の便ですとか、尿ですとか、それが全部外に出ているわけですから、とにかく、もう豚小屋みたいなもんですね。その上でもって、ツルツル滑るわけですから、あっちこっちにぶつかっても当然なんですけれども、まあ、その中で、三、四時間、自分を取り戻すのに精一杯でしたけども。（中略）ただチェックアウトの時間が十一時だってことだけは、薄々感じてましたので、時計を見ましたら十時四十分くらいだと思いますから、もちろん、それまで、かなり以上片付けてありましたけれども、まあ、手短に身支度をしまして、逃げるように出てきたわけです」

このテープは十一月十八日の深夜、長野県塩尻市内のホテルで、二度目の自殺の決行を前にして録音している。二日前、失敗に終わった自殺の惨《みじ》めさは、時が経つにつれ、重く、冥《くら》く、のしかかってきた。

「部屋の中のあの状態をいま、ぼくが思いましても、すごい状況だったですね。鴨居の下はとにかく、真っ暗な……糞《くそ》です……便ですとか、脳裏にこびりついていまして、部屋中、とにかく使いものにならないような状態になっていまして」

「しかし、自殺未遂っていうのは、フフッ、本当にみっともないもんで、本人としてはまったく覚えていないんですね。ただ便の中をフラフラ、ツルツル歩き回っている時っていうのは、〝何だ、これは〟という感じでしかないわけですけれども。だんだん自分自身の意識が戻ってくるにしたがって、首の周りがものすごく痛いのと、膝《ひざ》が痛いのと、手が痛いのと、顔面が痛いのと、もう信じられない話で……。（中略）未《いま》だに食べ物がよく喉《のど》を通りませんし、顔の周りは筋肉がとにかくピリピリしている感じです。だからこれから、もう一度、首を吊ろうとは思いますけれども、今度こそは完璧《かんぺき》なことが出来るように――」

奈良のホテルを出た後も意識は朦朧《もうろう》とし、満足に動ける状態ではなかった。ベンツの中に横たわり、回復を待った。それは五時間にも及んだ。

「いうなれば超二日酔い。首吊る前にかなりお酒を飲んで、普段飲み慣れないウィスキーも半分くらい飲んでいましたから、かなり酔ったのは確かですけれども。（中略）東大寺の裏にあります、あのー、あまり知られていない駐車場があるんですけども、そこで、十二時から五時まで、クルマの中で休んでいました。その間、一度だけ、二月堂の下の方にあります、うどん屋さんに行ってうどんを食べた、ということはしました」

覚悟を固め、首を吊りながらも、死にそこねてしまった雅夫は、次の死に場所を探すことになる。脳裏に浮かんだのは、故郷、松本だった。

「当然、死ねれば最高に良かったわけなんですけれども、まったく死ねない、と。うん、これはもう、一回目は死なしてくれないんだなあ、と。当然、わたしも敏子と望の二人を絞殺しているわけですから、一回の自殺で許してもらえないことは当たり前ですから、もう一度チャレンジしようと。またチャンスをくれたんだな、というふうに感謝してですね、最期、その場所を考えました」

十六日夜、ベンツは名神高速を走り、一路、松本へと向かう。

「京都の手前の大津あたりで、大変な、あのー、なんと言うんですか、道が複雑な……いや、複雑でもなんでもないんですけど、とても迷いまして。これも二人のせいかな、と思って、ヒヤヒヤしながらも、やっとの思いで東名に入りまして……中央高速の名古屋方面から入って来たわけです」

長野県へ入ったのは十七日の夜明けだった。

「信州に入った途端にですね、雨がシトシト、シトシト、降り出しまして。あーあ、また二人が泣いている、と思いましてですね、本当につらい思いの中を走ってきたんですけれども」

故郷、松本に到着し、まず雅夫が目指した場所は、市営霊園だった。ここには、雅夫と親族が共同で購入した松田家の墓がある。高速長野自動車道を降りる前にベンツをパーキングに停めて休憩し、二人の遺髪を確認した後、市営霊園に向かった。

「そろそろ収め終わった頃から、霊園もですね、雨も上がり始めまして、〝うーん、そうか〟という気持ちになりまして、やっと一抹の安心を、一抹とは言いませんね。ちょっと安心したような状態です」

見えっぱりな男の選択

妻と娘を殺害した後、故郷・松本に到着するまでの八日間に亘《わた》る雅夫の行動を辿《たど》って浮かび上がってくるのは、強い自己陶酔である。自分が心の中で都合よく描いた夢想劇の主役、といってもいい。なにも知らされないまま、突然、信じていた夫に、父に、殺された妻と娘の無念は察するに余りある。

松田雅夫とは、いったいどういう人物だったのか？ 友人のひとりが語る。

「とにかく明朗で快活で、話術は抜群でした。強引で図々《ずうずう》しいところもあって、ソニーミュージック時代、有名な演奏家が来日すると楽屋まで入り込んでいました。カラヤンやバーンスタインと一緒に収まった写真もあります。サイン色紙は、それこそ山程持っていました。しかし、仕事でこれといった実績は上げていない。調子が良くて、大風呂敷《おおぶろしき》を広げるけれども、結果に結びつかない。地味な仕事には向かないタイプです」

プライベートはクラシック三昧《ざんまい》だった。

「自宅の一室をオーディオルームにして、壁一面にCDやレコード、LDがズラリと並んでいた。とくにモーツァルトとワーグナーが好きで、コンサートにも頻繁に出掛けていた。お金に余裕があれば、全《すべ》てクラシックにつぎ込んでいました」

充実した私生活を送る一方で、サラリーマン生活には、不満を蓄積させていたという。

「長らく企画制作のセクションにいましたが、クラシックばかり担当できるはずもなく、ポップスや歌謡曲もやらなければならない。子会社に出向して、オーディオの宣伝もやっていた。出世コースからは完全に外れていました。おそらく、五十歳を目前にして、好きなクラシックに携わって生きていきたい、と考えて独立を決意したんだと思います」

趣味を仕事に――。実現できればこんな幸せなことはないが、残念ながら雅夫には、それだけの才覚も人脈も資金もなかった。まして、日本のクラシック市場はそれほど大きくはない。成功する確率は、限りなくゼロに近かった。

「しかも見えっぱりだから、事務所を都内の一等地に構えて、ベンツを乗り回している。中身よりも、とにかく形だった。あれでは失敗して当然でしょう。オーストリアやドイツのオーケストラの演奏をLD化して売り込んだりしていましたけど、利益はほとんど出なかった筈《はず》です。しかし、旅費やスタジオ使用料、事務所の維持費など、カネはどんどん出ていく。借金は、マンションを売って返そうにも賃貸だし、まさに八方塞《ふさ》がりの状況だったと思います。かといって、奥さんにすべてを打ち明けて、一からやり直すことは、彼のプライドが許さなかったのでしょう」

雅夫は、潔癖な妻と娘に、逼迫《ひっぱく》した経営状態を言い出せず、ついには最悪の事態を招いてしまう。自己破産の道もあったはずだが、考慮した形跡はない。妻と娘を殺し、自分も死ぬ。それが雅夫の選択した解決の方法だった。

「絶対死なせてくれよ」

十一月十七日、午前八時。長野県塩尻市の山間部にあるホテルに到着した雅夫は、チェックインまでは時間があったため、温泉に入り、ロビーの長椅子に横になって、ひと眠りする。奈良から夜通しベンツを走らせた疲労もあったのだろう、泥のように眠り、目が覚めたときは正午近くになっていた。

ホテルは、築百年の重厚な木造建築で、周囲に建物はなく、山の中の隠れ家のような、秘湯の一軒宿である。黒光りする床板の張られたロビーの、大きな窓からは、穂高岳をはじめ、雪に覆《おお》われた北アルプスの山々が望めるはずだった。しかし、その日は夜明けから降り始めた雨が昼になっても止《や》まず、美しい山々は灰色の分厚い雲に覆われていた。

北アルプスの下に広がるのは故郷、松本の街。右手の山の斜面には今朝、妻と娘の遺髪を収めた霊園があった。部屋は最上部の三階。夜の帳《とばり》が降りると、松本の街が、まるで宝石の粒を散らしたようにキラキラと輝いて見えた。死を目前にした雅夫にとって、これ以上は望めないロケーションだった。

だが、投宿した当日の十七日夜は、自殺を見送っている。

「その日は、絶対に今度は失敗したくないなあ、という思いが、やっぱり強く出てしまいまして、白いコードだけではどうしても不安にならざるを得ませんでしたので、十七日、つまり昨夜は決行を諦《あきら》めました。丈夫なロープと、それから部屋を汚さないためのシートと、いろいろ買ってきて、一日遅いけれども、万全な形で決行しようと、今日十八日の深夜に至っているわけです。（中略）アルプスは見えませんでしたけど、なかなか最期の地としては、わたしにとってはお気に入りの場所です。温泉もありますしね」

テープの声は次第に緊迫感を帯び、悲愴《ひそう》なトーンになってくる。

「今日は午前中、間違いのないロープとナイフとシートを買ってまいりましたから、今日こそは、敏子と望のところに行けると思います」

「ニュースでは、横浜港の親子三人の殺害の話をやっていますけれども、オッ、ホン（咳払《せきばら》い）……わたしの敏子と望に関しては、まだ発見されていないんですかね。やはりわたしが、早い時期に、分かりやすい場所で事故を起こさない限りは、やっぱり分からないんでしょうね。こんなことを思うと、切なくて仕方ありません。本当に、十五日の、○○ホテルの失敗が悔やまれるんですけれども、その分……敏子と望には美味《うま》いものを食わせます。ぼく自身も気持ちが整理されてきましたんで」

ここで録音が止まり、次いで「この数日間はまったく働いたと思っています」と再開し、妻と娘への詫《わ》びの言葉が続く。

「とにかく、早く敏子と望のもとへ行って、深く詫びて……許してもらわなくてもいいんです。許してもらえないと思いますけれども、分かってもらいたいなあ、と思います」

そして、自らの手で殺した理由を綿々と語る。

「こんなに世の中、あるいは人情というものが、期待できない時代になっているかということを、まざまざと見せつけられるここ数カ月間でしたが、そういった艱難《かんなん》というんですか、そういった矢面にあなたたち二人は絶対に立てないと思います。だから、ぼく自身と一緒に行動して欲しいな、と思ったんです。ただ、それに対して説明しないで、殺したことに対しては、もう本当に、あとで、もう千年後、一万年かけて説明していきたいと思います。もうあとは未来は永劫《えいごう》ですから、これでゆっくり説明してわかってもらいたいと思います」

「ただ、誰に対しても言い訳はしない。ただ、ひとつ言えば、わたし自身の、わたしの自業自得ですね。それによって、二人を巻き込んだことは、周囲の人たちに経済的に負担をかけたことは、大変申し訳ないと思いますけれども。でも、そういったことに関しては、わたしたち三人の命で……許していただこうと思っています。そうですね、よく考えて、やっぱりわたしの自己中心的なことで、二人を巻き込んだみたいなことは確かですね」

ここで再び、録音が止まり、再開したテープの声は、それまでの明瞭《めいりよう》な音声とは一転して、小さく、聞き取りにくいものとなっている。ボソボソと、今にも消え入りそうな声である。（以下、音声の不明瞭な部分は――で記しておく）

「しかし、その時は、本当にきみたち――て、もっともっと、してあげたらと、あれもしたい、これもしたい。望は特にこれからが、恋もしたい、――もしてあげたいと。愛し合って、子供を産みたいという……本当に申し訳ないと思います。もう――の環境からの影響が大きいだけに、かえってそういう、期待というかですね、希望も難しくなるだけだと思います」

この後、ハア――ッ、と長い、長い溜《た》め息《いき》が漏れ、暫《しばら》く沈黙したあと、気を取り直したように語り始める。

「我慢している二人、敏子と望のことを考えたときに、ぼく自身、我慢できません……といっても、本当に、敏子は二十数年間、よくしてくれました。本当に感謝しています。望の二十数年間、ぼくの生き甲斐《がい》でした。その二つだったのに、同時に失わなきゃならないほど、きつい時だったということを、ぜひ分かって欲しいと思います。……今回、必死に後を追いますから、あとでゆっくり説明させてください」

ここでいったん、録音が途切れる。そして、再開されたテープは、自殺の準備が整って、足を踏み出す直前のものである。録音は小型マイクを胸元に装着して行われたものと思われる。

「いま、十九日の零時、あ、ごめんなさい一時二分前です」

切羽詰まった、しかし明瞭な声である。ここからテープは、聞く者を異様な世界へと誘《いざな》う。雅夫の背後で、激しいノイズが聞こえる。ゴーッという、地鳴りのような音。聞きようによっては、嵐の中、断崖《だんがい》絶壁に立って録音しているような音である。しかし、ホテルの外は雨が降っているものの、風はほとんど吹いていない。この音はなんだろう？　と疑問を感じた瞬間、ふと思い当たってしまった——あの世から吹く風、黄泉《よみ》の国から吹き付ける風があったら、きっとこんな音がするだろう。ゴーッという轟音《ごうおん》が、深夜の、死を目前にした男の悲痛な言葉と相俟《あいま》って、聞く者の背筋を冷たくする。

「すべての準備が整いましたので、わたしはこれから、一人で、敏子と望の後を追いたいと思います。うーん、正直言ってちょっと怖いですねぇ。一回目のときにスムーズにいってくれれば、いまごろは終わっていたと思いますけれども。でも、二人をこの手で殺したんですから、二度やるくらいの、死ぬ苦しみをしないことには許してもらえないでしょう」

次第に、溜め息、嘆息が多くなる。

「気分を落ち着けるために、ビールを一杯、飲みます。情けないですねぇ。ハァー……フゥーッ……外は雨が先ほどからずいぶん強く降っています。ハァー……敏子と望が、〝いつまでウジウジしてんのよー、早くおいでよ〟なんて言っているような感じがします。そのすぐ傍らまで、迎えにきているような感じです。ハァー……本当に死んでも悔いがないし、何もないし。いちばん大事な二人が先に逝《い》っているんですから、思い残すことは何もないはずなのに、気がちっちゃいんでしょうねぇ……うん、……ウフ――ッ（大きな溜め息）……今度こそ、死にたい」

次いで、フーッ、ハーッ、と呼吸を整えていると思われる音が十秒ほど続き、死を目前に恐怖に打ち震え、逡巡《しゅんじゅん》する男の独白が再び始まる。背後の轟音が次第に大きくなる。

「死のうと思っても死ねないのは、いちばん辛《つら》いですね……ここで死ねなかったら、どうなっちゃうんだろうと思うと……今日はこれで絶対死にます……ハァーッ……フーッ、フーッ、フーッ……今日は強いロープを二重にして、ぶら下がっても大丈夫な梁《はり》に付けてありますから。もっと早いうち、死にますから。ハアーッ……排尿の中、動き回ってことはないと思います。今日は、ホテルに迷惑が掛からないように、普通の支度をしていますから、排尿のし尿は全部、靴下、ズボンの中に入るはず。あっ、そうか、靴下をもう一枚、重ねて履いておこう。そのほうが迷惑が掛からない。一枚だと染《し》み出してしまう。二枚、履いとけば……ハアーッ、フウ――ッ……」

だが、踏ん切りがつかない。一回目の失敗を踏まえ、万全を期して二重にしたロープ。梁から吊《つ》り下げ、自分の首に回してかけながらも、最後の一歩が踏み出せない。徒《いたずら》に時が過ぎていく。雅夫は次第に苛立《いらだ》ち、呻《うめ》くように言葉を絞り出す。

「ぼくという他人に奪われた人生の、敏子と望は、文句も言わんで待っているのに、自分で勝手に死んでいくわたしを……なんでウジウジしてるんでしょう」

この後、消え入りそうな声で「困ったもんだ」と呟《つぶや》き、ハアー、フゥー、と何度も何度も荒い呼吸《いき》を吐く。目の前に広がる、深く冥い死の闇《やみ》を見つめ、恐怖に戦《おのの》く男の、最期《さいご》の声が響く。得体の知れない烈風の音が強く、大きくなって、ゴォーッと吹き荒れる。

「最後に間違えないようにしないと……フーッ……一切が完了します。鏡台の上に乗って……いま、落ちます……フーッ、フーッフーッ……」

「――で締めて……グウッ……ここで死にます。思い切り……フーッ……死ねましたか……フーッフーッフーッ」

いよいよ最期の瞬間が到来する。

「はい！……フーッ……としこ、のぞみ、いま逝くから、待っててくれ」

絶叫と悲鳴が交ざったような声。

「絶対死なせてくれよ、頼むな！」

直後、「ウワアッ」と、断末魔の悲鳴が響く。ゴーッという轟音が延々と十分ほど続いてテープが終わる。

松田雅夫の死体は、十一月十九日朝、客室係の従業員によって発見された。梁から吊ったロープを首に巻き付け、ぶら下がったまま絶命していた。

家族三人のとこしえ

ＪＲ松本駅から東南の方向へ五キロ。タクシーは市街地を抜け、田園地帯のくねった道を進み、左右に果樹園が広がるなだらかな丘陵を上っていく。点在していた農家が途切れ、山間《やまあい》の道を走る。雑木林の中、突然、展望が開けると、そこは市営霊園だった。山肌を削り、整地した広大なエリアに、約六千五百の墓石が整然と並んでいた。

雅夫が親族と共に購入した墓は、斜面の右側、頂上に近い一画にあった。自殺する前に、妻と娘の遺髪を収めた墓である。縦四メートル、横二メートルほどの敷地に、横長の黒の御影石《みかげいし》が置かれ、松田家の文字が刻まれていた。右横には同じ黒の御影石製の分厚い板。墓誌、と記されている。

だが、遺骨が収められているにもかかわらず、そこに松田雅夫の名前はなく、ツルンと平板な面を晒《さら》していた。墓参の形跡も、定期的に掃除をされている様子もない。死後の雅夫の立場を物語る、孤独な、寒々とした墓だった。親族は他に墓を買い求めたという。

雅夫の墓前で背後を振り返り、斜面を見下ろす。敏子と望の墓が見える。敏子の親族は、雅夫と同じ墓に葬《ほうむ》ることを拒んだ。右手下方百メートルほどの場所に、姉妹のように仲の良かった母と娘は眠っていた。

霊園の頂上に立って、二つの墓を視界に収める。かつて〃家族〃と呼ばれた三人の、とこしえの地。辺りには夕闇が迫っていた。山の冷気が肌を刺す。もの言わぬ母と娘の哀《かな》しみが、漂ってみえた。

第四部　男と女は深き業《ごう》に堕《お》ちて行く

崩壊した夫婦の黒き情欲の陰で「微笑《ほほえ》む看護婦」
――つくば「エリート医師」母子殺人事件

筑波《つくば》大学医学専門学群卒業の医師、野本岩男《のもといわお》が妻の映子《えいこ》さんと幼子二人を殺害し、横浜港に捨てたという酷薄な事件は、「つくば母子殺人事件」と称され、平成六年の年末、連日のように報道された。というのも、エリートのイメージからかけ離れた夫妻の行状が、世間の興味を大いにかき立てたからである。そして事件から二年四カ月後の平成九年二月、野本は最高裁への上告を取り下げ無期懲役が確定している。

今回、警察の内部資料を入手した。その証言をもとにこの夫妻に実際何があったのか、事件に至るまでの二人の姿をたどってみようと思う。

野本と映子さんが出会ったのは、平成二年夏。医師や看護婦らが参加するテニスの会の飲み会だった。そのとき野本は二十五歳で、大学を同年三月に卒業したばかりの研修医。映子さんは二歳年上の二十七歳、看護助手をしながら前夫との間に生まれた二人の子供を育てていた。

「映子は子供っぽい感じで十八歳くらいにしかみえない可愛《かわい》い女性だった。私は興味をそそられ、電話番号を聞き出しデートに誘ったのです」

野本は交際のきっかけをそう説明している。そして映子さんに子供がいることを知りながらも躊躇《ちゅうちょ》することなく交際を始め、知り合ってから二～三カ月後の秋ごろには半同棲《どうせい》生活を送るようになった。

だが、野本には大学一年から交際しているＯＬがいた。週末になると彼女は、横浜からつくば市にある野本のアパートに泊まりにきていた。彼女は野本との結婚を考えていたという。

そこに現れたのが映子さんである。ここから三角関係が始まった。

「野本くんは女性に対してはとくにマメで、好きになった女性は交際できるまでしつこいくらい誘っていました。送り迎えもきちんとするし、欲しいものがあれば買ってくれたりもしました。でも逆にいえば女性にだらしなく、私と交際しているときも映子さんの前に二人の女性とつきあっていました。どちらにも真剣で、どっちも離したくないという気が多いタイプだった」

野本の性格をＯＬがこう語っている。だからおそらく映子さんのことも、当初は過去の二人の女性と同様、いつもの浮気だと見逃すつもりだったろう。

しかし今回ばかりは様子が違った。映子さんが妊娠したのである。映子さんはすでに二人の子供を前夫に引き渡し野本との結婚を望んでいた。追い込まれた形の野本は籍を入れないという条件で、自分の子供を生むことを許した。当然ながらOLは身を引くことを決めるのである。

だが、野本にはOLが自分から離れるとは予想できなかったようだ。もしくは状況を認識していなかった。OLに電話をかけては「映子と別れるからよりを戻そう」と再三、復縁を求め、車を飛ばし会いに行った。自分の子を身籠《みごも》った映子さんには「一番好きなのはお前じゃない」と悪びれずに言いながら、相変わらず一緒に暮らしていたのである。野本と映子さんの関係は進展することもないまま、子供は生まれた。

「私の籍は入れなくていいから、子供の認知だけしてください」

映子さんは申し出た。かねてからの約束通り、自分の籍は求めなかった。平成三年十一月、出産後のことだ。

「なんとなくこの女とならやっていけるかもしれない」

これが映子さんとの結婚を決めた理由である。入籍を迫らない彼女が健気《けなげ》にうつったのだという。しかし野本の気持ちは長くはつづかなかった。婚姻届を提出した翌日、突然の入籍にとまどう映子さんをよそに、彼は日立市へ単身で赴任している。病院の研修に伴う予定通りの引っ越しだったが、彼はさながら独身に戻ったようなものだ。

入籍からわずか二～三日足らずで結婚を後悔したと、後に野本は警察官に語っている。実際、一ヵ月後には転任先の看護婦とあらたに交際を始めた。看護婦が捜査員に語っている。

「つきあい始めて二週間ぐらいすると、先生は寮の鍵《かぎ》を渡してくれました。私は部屋に入って掃除や洗濯をしたり、料理を作って先生の帰りを待つようになりました」

妻である映子さんは合鍵をもらっていなかった。浮気を知った彼女は、野本に詰め寄った。映子さんは日記の中で野本がこう言い放ったと嘆いている。

「(その人は)自宅から通っているから、セックスをする場所がない。だから部屋に入れたんだ。お前がいいというなら、俺は籍を抜きたい」(平成四年二月十八日)

入籍してから三ヵ月と経《た》っていない日の出来事だった。

さらに、野本は看護婦とつき合いながら、複数の女性にも手を出していた。事件後、こう証言する女性が現れている。

「約一ヵ月の交際で、食事やホテル代はすべて野本が払っていました」

この女性は野本から、外国製の黒のブラジャーとパンティーをプレゼントされた。

また野本からしつこく誘われた別の看護婦も警察に事情をきかれている。

それでも合鍵を渡していた看護婦との関係が九ヵ月で終わると、映子さんに平穏が訪れる。映子さんは第二子出産で約三ヵ月の入院を余儀なくされたが、この間、野本は一人目の子供の世話をし、病室を訪れては映子さんの面倒をみた。野本のプライベートな時間はすべて、映子さんと子供のために費やされたのだ。

しかし半年後、別の病院に転勤すると、野本は浮気を再開する。

まず二十三歳の看護婦とつきあい始め、同じ頃、人妻の看護婦にもアプローチして交際を開始。彼女とつきあいながら、二十三歳看護婦と別れた前後に、また他の看護婦とも関係をもった。

野本は、なかでもとくに人妻の看護婦を気に入っていたようだ。

「彼女は可愛くて明るく、女性の魅力があった。性格面、セックス面でも相性がよかったから、寝物語に〝妻と別れるから結婚してくれ〟といいました。でも当然、現実にできるはずはなく、互いに深みにはまらないような愛人関係で納得していたのです。できれば彼女とはずっと続けたかった」（野本の供述）

そう思った野本は、彼女に頻繁に贈り物をしている。数十万円のサファイアの指輪に、数十万円のダイヤのネックレス、数万円のスーツ等総額百万円余……。野本は、並行して交際していた他の看護婦にもプレゼントをしていた。愛人には高価な贈り物をしても、妻に金を使うことはなかったのである。

関係を続けたかったはずの人妻の看護婦との交際が終わったのは、病院内で噂《うわさ》になったからだ。慌《あわ》てて関係を絶ったのは彼女のほうだ。彼女自身がこう供述している。

「私は潮時と考えました。でも先生はずっと、月一回の割りで〝一時間いや三十分でもいいから会って話がしたい〟としつこく誘ってきました」

同病院は実父や親戚《しんせき》から紹介された病院である。その上、野本は看護婦との交際の件で、副院長に呼ばれ注意されているのだ。にもかかわらず、野本はその後も懲《こ》りずに誘った。それが再び露見したら、周囲の人や仕事にどのような影響を及ぼすかを考えないのか、野本は事件を起こす頃まで誘い続けている。

また、入籍して三カ月と経たずに離婚を口にした野本は浮気を取り繕うどころか、隠そうとさえしなかった。度々、映子さんと言い争いをしている。最後に折れるのはいつも映子さんだった。

「映子から出される、〝女をつくっても外泊しない〟〝週末は浮気相手とデートをしない〟〝セックスを含め映子を愛する〟という条件を私がわかった、わかったと答えておさまっていました」（野本の供述）

野本と結婚して二年三カ月、この時期、映子さんは心の内を母親に相談している。結婚後、初めてのことだった。

「映子は、話すつもりはなかったと思う。私が電話で自分のことを相談したのが引き金になったんだと思います」

私の取材にそう語る母親は、現在ひとり暮らし。身につけている赤のチェックのブラウスは娘の遺品だという。

「映子は〝岩男くんに女がいて、そのことで喧嘩をするとすぐに暴力を振るうんだよ〟と打ち明けてくれました。あの子が泣きごとをいったことはそれまで一度もなかった。その映子が泣いて訴えたのです。でも私には二人が上手《うま》くいくよう願うしかありませんでした」

「後は野となれ、山となれだ」

映子さんが耐えることで辛うじて保たれていた二人の均衡。しかしそれも崩れることになる。事件の七カ月前、平成六年三月のことだ。

野本より四歳年下の、三階病棟の看護婦。野本が赴任したとき、「可愛い子だな」と最初に目をつけたのが、前述の人妻の看護婦らでなく実は彼女だった。だがすでに同病院の医師と交際中で、さすがの野本も声をかけずにいた。ところが一年後、その医師が他県へ転勤することになった。野本はくどく機会をゆっくり待つことにした。

三月半ば、早くもその機会が訪れる。同僚の送別会が行われた晩だった。彼女は偶然、交際中の医師がほかの看護婦とキスをするのを目撃し、野本に自分たちの今後を相談したのだった。

野本がチャンスを逃すはずはなかった。その看護婦の供述によれば、野本はこうアドバイスしたという。

「あいつにそれとなく聞いたら、結婚する気はまったくないみたいだよ。このままつきあっていても幸せにはなれないと思う。一日も早く別れたほうがいいんじゃないか」

もちろん野本の作り話である。そして野本は動揺する彼女の肩を抱き、キスをした。

翌日から、野本の電話攻勢が始まった。

「好きなんだ。女房と別れるからつきあってほしい」

毎日電話をかけてきては交際を申し込み、同僚医師が転勤するとさらに拍車がかかって、「女房と別れるから結婚してくれ」が口説き文句になっていった。

その看護婦が野本と肉体関係をもったのは、実に口説き始めてから五カ月後の八月半ば。その間に、看護婦は交際相手の医師と別れている。

「毎日のように電話をかけ、誘っているうちに段々と彼女に愛情が強くあることに気づきました。彼女は何事にも控え目の女でした。それに比べ映子はしつこく、独占欲の強い女で、私は映子に愛情など持っていなかったのです」(野本の供述)

そしてさらに、看護婦と関係をもった三週間後、野本はついに外泊をする。

「映子に対しては愛情がないのだから、後は野となれ、山となれだ」

野本はそう考え、映子さんとの約束を破ったのだという。

翌日、野本を待ち受けていたのは、映子さんの執拗《しつよう》な叱責《しっせき》だった。

「映子は、本当に離婚してその女性と結婚するのかといってきた。最終的にはいつも離婚しないじゃないかと言ってやると、このとき初めて、映子は離婚してもいいと言ったのです。その条件が彼女と直接電話で話をすることでした。真面目《まじめ》な顔で迫り二時間位問い詰められた」

そして野本はその看護婦に電話をかける。

「どの様な気持ちでつき合っているのですか。こっちは子供もいて、守らなければならないんです」

電話を代わった映子さんはうわずった声でそう言い、面談を希望したと、看護婦は捜査員に語っている。

「話し合ったのは、奥さんの車の中です。私は先生と結婚したいと伝えました。〝私が離婚をして子供をおいていったら面倒をみてくれるの〟と奥さんに聞かれたので、〝はい〟と答えたのです」

彼女との話し合いを終え、帰宅した映子さんは、野本に怒りをぶつけた。

「彼女と話をさせたのは失敗だったと思いました」

野本はそう後悔したと供述している。

「映子は家に戻ってくるなり、〝私は絶対に別れない〟といったのです」

映子さんは「離婚するなら慰謝料一億円と養育費月百万円」「それができないなら一週間以内に彼女と別れろ」と二者択一を迫った。結局、野本は現実問題として後者を選ばざるを得なかった。「このとき映子に憎しみを感じた」と、野本は認めている。

しかし、映子さんの怒りはおさまらなかった。もはや怒りは不安に変わっていたかもしれない。野本と別れたら、子供と自分の生活はどうなるのか。野本と知り合う前に、映子さんはその大変さを痛感しているのだ。翌日には、別れないなら慰謝料請求訴訟を起こす、と看護婦の母親に直接電話をし、伝えている。

野本は映子さんの気持ちを鎮《しず》めるため、良き夫、父親を装うことにした。

「私は家族サービスに努め、仕事が終わったらなるべく早い時間に帰ったり、映子のご機嫌とりで子供たちを連れてディズニーランドにいったり、箱根旅行に連れていきました」

もちろん、野本の本心ではなかった。一方で野本は、看護婦にはこう言っている。彼女の供述――。

「先生は泣きながら〝お前の気持ちはよくわかった。絶対に女房と別れてお前と一緒になる。一生を俺にくれ〟と言ってくれました。〝医局に来て〟というので訪ねると〝ネックレスを頼んであるんだ〟と教えられました。そして、〝あと一カ月待って〟とも言われたので、離婚の目途をつけるのにそのくらいかかるのかなと思いました」

しかしそんな状況がいつまでも続くわけがない。映子さんとの小康状態は一カ月ほどで終わる。きっかけは些細《ささい》なことだった。野本が職員旅行で買ってきた土産を「お土産が食べ物なんて愛情が感じられない」と、映子さんが文句をつけたことが始まりだ。もともとの火種は女性問題だから、話は看護婦に尽きるのだ。一度溢《あふ》れ出した感情はもう止まらなかった。夕食をはさみ、日付が変わっても口論は続いた。この日から映子さんは明らかにふさぎ込み、夕食も作らなくなっている。

六日後、ふたたび口論が始まる。そして野本は、繰り返してきた喧嘩の果て、映子さんの首を絞めて力ずくで口論を終え、二人の幼い子供も殺して結婚生活を解消した。

野本は三人の遺体を捨てると、まるでリセットしたかのごとく、次の人生を築こうとした。

三人の命をその手で絶った後、映子さんと子供の行方が知れないことを心配する交際中の看護婦に、野本はこう言っている。

「今日は女房がいなくなったことを話しに来たんじゃなくて指輪とネックレスを渡すために会いたかったんだ。婚約指輪じゃない。婚約指輪はまた別にきちんとやるよ」

彼女によると、さらに三日後、野本は電話でクリスマスにホテルを予約したことや北海道旅行の計画を伝えてきたという。

しかし、その翌々日には横浜港からあがった遺体が映子さんだと判明する。

映子さんの母親は今、こう言う。

「〝岩男くんは私たち全員がいなくなればいいんだって〟と映子が悲しそうに話したことがありました。映子は野本を本当に愛していたんです。けれど野本との三年間の結婚生活で、映子が幸せだったのは二人目の子を生む前の数カ月だけでした」

事件発生から七年経った現在、野本と結婚する日を待ち望んでいた看護婦は、母親のもとを離れ、別の病院で働いている。

殺害現場となったつくば市の借家は、「家賃が安いから」と会社同僚の独身男性三人が同居する。表札はなく、庭の手入れもされていないその家は、人が暮らす温かさを失ったように殺伐としていた。

「完黙の女」は紅蓮《ぐれん》の炎を見つめた

——札幌「社長令息」誘拐殺害事件

「主文。被告人は無罪」

佐藤学裁判長が判決を読み上げた瞬間、工藤加寿子《くどうかずこ》（四五）＝当時＝の頬が、さっと紅潮したように見えた。喉元《のどもと》が、唾《つば》を飲み込んだように動く。

平成十三年五月三十日、午前十時。

札幌地裁五号法廷から、数人の記者が駆け出して行った。まだ法廷の出口に到達しないうちに携帯電話を取り出し、「無罪です、無罪です」と叫んでいるテレビ局の女性スタッフもいる。

裁判長に一礼し、証言台から被告人席に戻る加寿子の顔は、まだ上気しているように見えた。しかしそれはほんの一瞬のことで、席についた彼女は、いつもと同じように無表情になっていて、そろえて伸ばした自分の足先に、すぐに視線を落とした。

見間違いかもしれないと思うほどの、わずかな表情の変化だった。

工藤加寿子は、昭和五十九年、札幌市豊平区に住む会社社長、城丸隆氏の次男、当時小学四年生だった秀徳君を誘拐、殺害した罪で起訴されていた。逮捕されたのは平成十年十一月、時効成立のわずか二カ月前である。しかし彼女は当初から殺人を否認、取調べに関しては完全黙秘を貫いていた。

公判に入ってもその姿勢は変わらず、第十九回公判では、「お答えすることはありません」という答えを、二百六十二回繰り返している。おそらく法廷史上、これほど徹底して沈黙を貫いた被告人はいないのではないだろうか。

弁明はなく、容疑を否認した上での沈黙。

もちろん黙秘権は、被告人の権利として守られるべきものである。だがなぜ加寿子は沈黙しなければならなかったのか。結果的に無罪になったとはいえ、任意聴取から逮捕、起訴と続くあいだ、彼女は一切の弁明をせず、鉄のような沈黙を守ってきた。その理由は、一審が終わった今も、当然のように明らかになっていない。そして彼女が抱える疑惑もまた、なにひとつ明らかにされないまま、再び闇《やみ》の中に戻されようとしている。

そもそもなぜ彼女は被告人として法廷に立たなければならなかったのか。

事件は十七年前の冬の日、ある一本の奇妙な電話からはじまった。

少年はどこへ行ったのか

昭和五十九年一月十日の朝、札幌では学校はまだ冬休みで、城丸家ではちょうど母親がキッチンで遅い朝食の支度をはじめたところだった。リビングの電話が鳴ったのは九時半過ぎ。電話に出たのは、たまたま近くにいた秀徳君（九）＝当時＝だった。

それはおかしな電話だった。秀徳君は家族の誰とも代わる様子はなく、受話器を持ったまま、まるで誰かに怒られているかのように、「はい、はい」と応《こた》えていた。不審に思った母親が「どこからの電話？」と声をかけても、秀徳君は返事をしない。やがて電話を切った秀徳君は、「ちょっと出かけてくる」と言い出した。

母親がどこへ行くのかと尋ねると、秀徳君はこんなふうに答えた。

「ワタナベさんのお母さんが、僕のものを知らないうちに借りた。それを返したいと言っている。函館《はこだて》に行くと言っている。車で来るから、それを取りに行く」

リビングにいた父親や姉や兄、家族のだれもが、秀徳君がなにを言っているのか理解できなかった。ワタナベという名前にしても、町内にそういう姓の家はあったものの、ふだんから親しい付き合いがあったわけではないのだ。

しかし秀徳君は、家族の困惑をよそに、すでに玄関に出てゴム長靴を履き始めていた。母親はとりあえず「寒いからジャンパーを着ていきなさい」と声をかけた。秀徳君はジーンズの上に紺色のスノーコートを羽織って外に出て行った。

それが母親の見た、秀徳君の最後の姿になった。

外は小雪が舞う空模様である。前日には大雪が降っていた。家の前からまっすぐ南に伸びる雪道を歩いていく秀徳君の後を、小学六年生になる兄が追いかけた。兄は、秀徳君の行動を不審に思った母親から、あとを追いかけるように頼まれたのである。

城丸家はT字路の突き当たりにあり、家の前から南に向かう道は、緩やかな上り坂になっている。兄が追いかけていくと、秀徳君は道の途中にある公園を通り過ぎ、その少し先にある「二楽荘」というアパートのあたりで左折した――ように見えた。兄は近眼で、眼鏡をかけずに慌《あわ》てて家を出てきたため、左折したのはわかったが、秀徳君が正確に「二楽荘」に入っていったかどうかは確認できなかったのだ。

兄はとりあえず二楽荘の前まで歩いて行き、立ち止まって、あたりを見回した。二楽荘の隣はワタナベ家である。少し待ったが、秀徳君はいつまでたっても姿を現さない。そのため兄はいったん眼鏡を取りに家に引き返した。兄の報告を聞いて、今度は母親が兄を連れ、いっしょにワタナベ家の前まで戻った。しばらく待ったが、やはり秀徳君は現れない。そこで母親はワタナベ家のインターホンを押した。

当時ワタナベ家には高校三年生になる娘が一人で留守番をしていた。しかし母親の問いに対して、彼女は秀徳君が訪ねてきたことはないと首を振った。もちろん電話をかけたこともない。

母親は途方に暮れた。秀徳は一体どこへ行ったのか？

家族はしばらく手分けをして町内を探し回った。しかし秀徳君の姿はどこにも見当たらない。本人からの連絡もない。母親が出社していた夫の隆氏と相談して地元の交番に捜査の依頼をしたのは、午後〇時三十分、秀徳君が自宅を出てから三時間後のことである。

交番の警察官は、捜査の依頼を受けて、さっそく周囲の聞き込みを行った。そして、案外早くに手がかりをつかんだ。二楽荘の二階に住む若い母親が、秀徳君らしき小学生の男の子が訪ねてきたと証言したのである。

その母親が、加寿子だった。二歳になる娘と二人暮らしで、しばらく前までススキノでホステスをしていたが、ちょうどその頃、勤めを辞めたばかりだった。

加寿子は、訪ねてきた警察官に、次のように証言している。

「今日の午前中、外の空気を吸いにアパートの前の道路に出た。五分くらいしてから自分の部屋に戻ったが、そのとき、小学生くらいの男の子が部屋の前に来て、『ワタナベさんの家知りませんか。まっすぐ行って階段をのぼる家だと聞いたのだけれど』と聞くので、『隣の家はワタナベさんだけど、その家でないの』と教えたら、『どうも』といったので、自分の部屋に入り玄関のドアを閉めた」

警察官はワタナベ家も訪れている。ワタナベ家の玄関は二階にあり、「階段をのぼる家」であることにはまちがいない。しかしワタナベ家の女子高校生は、秀徳君の母親へと同じ答えを、当惑しながら繰り返すだけだった。警察官は念のためワタナベ家の中を任意で捜索したが、秀徳君の姿はどこにもなかった。

その後、警察は公開捜査に踏み切り、大々的な捜索を開始したが、有力な目撃情報や手がかりはなにも発見できなかった。秀徳君は二楽荘のあたりで左折したまま、加寿子を最後の接触者として、忽然《こつぜん》と姿を消してしまったのである。

事件が意外な展開を見せたのは、それから四年後のことである。

札幌市から北に七十キロ、新十津川町《しんとつかわちょう》にある一軒の焼けた農家の納屋《なや》から、秀徳君のものと見られる人骨が発見された。その農家は十二月三十日に全焼し、家主の夫が焼死、妻と娘は逃げ出して助かった。その火事から半年後、燃え残った納屋に放置されていた人骨を、亡《な》くなった夫の親戚《しんせき》が見つけたのである。

農家の主婦の名前は工藤加寿子。彼女は秀徳君失踪《しっそう》の後、豊平区から転居を繰り返し、二年後に見合い話で再婚、新十津川町の農家に嫁いでいた。

人骨は焼かれて細かく砕かれ、ビニール袋に入れられ、納屋の棚の上に置かれていた。道警はその人骨を鑑定し、血液型や歯の大きさから、行方不明になっていた秀徳君のものであると推定した。これで事件は解決したかに見えた。なにしろ重要な物証が、秀徳君の最終接触者である人物の元で発見されたのである。

道警では秀徳君失踪当時から、加寿子に多額の借金があったことから、身代金《みのしろきん》目当てで、彼女が誘拐を企てたのではないかと疑っていた。城丸家は町内でも目立つ豪邸である。加寿子は電話を使い、その城丸家の子どもを巧みに誘拐したが、思ったより早く警察が聞き込みにきたため、発覚を恐れて秀徳君を殺害した——と考えていたのだ。

鑑定の結果が判明すると、道警は加寿子をさっそく任意聴取に呼び出した。

このときの捜査では、加寿子が一月十日の夕刻、二楽荘から大きな段ボールを運び出し、親族の家に運び込んでいることも明らかになっている。その段ボールは彼女とともに移転を繰り返し、最終的に新十津川の家で燃やされていた。このとき近所の人たちは、加寿子が燃やしていたものに、ただならぬ臭気があったことを証言している。だが加寿子は人骨について「何も知らない」と容疑を否認した後、完全黙秘を貫いた。聴取は三日間続いたが、彼女は世間話以外、まったく応じようとしなかった。

札幌地検はこの時、かなり真剣に起訴を検討したという。しかし当時のDNA鑑定の技術では、発見された人骨が秀徳君のものであるとは、完全には特定できなかった。他に有力な物証もなく、結局、検察は起訴を断念。

しかしそれから十年後、DNA鑑定の進歩もあって、道警はその骨が秀徳君のものと「断定」し、逮捕に踏み切った。時効二カ月前。執念の逮捕とも言われた。しかし逮捕後も、加寿子は容疑を否認したまま、沈黙を貫いたのである。

もし彼女が無実なら、沈黙は、正当な闘争の手段ということもできるだろう。だが彼女の行状にはあまりにも不審な点が多く、その沈黙の後ろには、得体の知れないなにかがそこに潜んでいるように感じられるのだった。

それは実際に取材をしていく中でも明らかになっていった。じつは彼女の過去には秀徳君殺害以外にも、もう一つ大きな疑惑があったのである。

「おれ、殺されるかもしれない」

ＪＲ函館本線の滝川駅からタクシーに乗る。石狩川橋を渡り、狭い市街地を抜け、田園地帯に入ると、人家はめっきり少なくなる。冬になると、雑木林も半ば雪に埋もれてしまうような土地である。駅から車で約二十分。地名でいうと樺戸《かばと》郡《ぐん》新十津川町になる。

昭和六十一年、秀徳君失踪から二年後。加寿子は札幌を離れ、この雪深い田園地帯の農家に嫁いできた。彼女にとっては二回目の結婚である。

加寿子の出身地は、同じ北海道でも道南の、サラブレッドの産地として有名な新冠《にいかっぷ》町《ちょう》のはずれ、節婦《せっぷ》という小さな漁村である。生まれは昭和三十年。彼女はその村で中学まで過ごしたあと、集団就職で東京の紡績会社に就職した。しかしすぐにそこを辞め、十九歳の頃から熱海のスナックで働き出し、以後横浜や神戸などの店を転々としている。

最初の結婚は昭和五十七年。相手は上野に店を持つショーパブのオーナーだった。同じ年に長女を出産、結婚後は主婦として子育てに専念したが、やがて二人の結婚生活はうまくいかなくなり、翌年の夏に離婚、加寿子は子供を連れて札幌に戻ってゆく。秀徳君が失踪するのは、その半年後の一月である。

新十津川町での二回目の結婚は、見合いによる結婚だった。相手は、新十津川町で農業を営む三十五歳で初婚の男性。名を和歌寿美雄という。寿美雄さんは、都会からやって来た垢《あか》抜けた加寿子を一目見て気に入ってしまった。

「農作業はやらないでもいい。ただ家庭にいてくれたらそれでいい」

と寿美雄さんは思ったらしいが、義兄をはじめとする親戚は、最初から二人の結婚に反対だった。二人の生活環境があまりにも違いすぎていたからだ。

二人が籍を入れたのは、昭和六十一年六月である。

加寿子と娘は、寿美雄さんが住んでいた一軒家に移り住んだ。木造の古い二階家で、納屋が二棟あり、目の前には田園が広がっていた。

農作業は手伝わない約束だったので、加寿子は忙しい田植や収穫の時期にも何もしなかった。よく駅前のパチンコ屋に出かけていた。ときどき娘を連れてフラッと札幌に出かけ、一週間近く戻らないこともあった。昼まで寝ていて、食事もあまりつくらなかった。寿美雄さんとは、寝室はもちろん、冷蔵庫や洗濯機も別々だった。なんのための結婚なのか、周囲の人々にはよくわからなかった。

結婚してから、寿美雄さんの顔色はだんだん悪くなっていった。

同じ新十津川町に住む義兄は、加寿子について、最初からいい印象を持たなかった一人である。とんでもない女だった、と義兄はいう。

「寿美雄と酒を飲むと、『おれ、殺されるかもしれない』というわけよ。保険の名義も書き換えられたし、金を渡さないと怒られる。寿美雄は家を建てるつもりで二千万円ばかり貯金していたが、その金も気がつくと使われてしまったというんだ」

義兄たちが、真剣に離婚をすすめようとしていた二年目の冬、その出来事が起きた。昭和六十二年十二月三十日の未明、寿美雄さんの自宅が火事になったのである。

その火事の炎を、義兄は自宅の窓から目撃している。近所の知り合いから電話があり、慌ててカーテンを開けると、寿美雄さんの家が炎に包まれていたのだ。

「これはもう『やられた』と思った」

というのが義兄の直感である。

午前三時頃、寿美雄さんが寝ている二階部分から出火した火は、午前五時に鎮火した。加寿子と娘は逃げて無事だったが、焼け跡から寿美雄さんの焼死体が見つかった。

この火事には不審な点が数多くあった。

まず深夜の火事であるにもかかわらず、加寿子と娘が外出用の身支度をきちんと整えていたことである。頭髪をきちんと結い上げ、ブーツを履き、靴下まで履いていた。鎮火後、焼け残った納屋からは、持ち出した衣装箱がきちんと積み上げられた状態で見つかった。その中には加寿子と娘の衣類や品物ばかりで、寿美雄さんのものは写真一枚もなかった。

一階で寝起きしていた彼女が、出火時になぜ一一九番通報できなかったのかという疑問もあった。助けを求めた隣家はすぐ左隣の家でなく、三百メートルも先にある二番目の隣家だった。しかもその家の戸を叩《たた》くこともせず、ただ黙って娘の手を握り締め、玄関のチャイムを鳴らしていたというのである。

寿美雄さんには二億円近くの保険金がかけられており、周囲の人たちは当然のように、保険金目当ての放火殺人ではないかと疑った。警察も事件の可能性があるとして捜査をした。しかし消防署が出火原因を突き止められなかったこともあって捜査は行き詰まり、加寿子も巨額の保険金をなぜか請求することなく、新十津川町を立ち去ってしまった。

四十九日の法要の日には、寿美雄さんの親戚一同から問い詰められる場面もあったが、加寿子は、最後まで疑惑を否定し、悲劇的な妻の態度を崩さなかったという。

それから半年後の六月のある日、焼け残った納屋の中で、義兄が不思議なものを発見した。それはビニール袋に入った何かの骨だった。警察に通報すると、道警の捜査一課が飛んできて大騒ぎになった。つまり義兄は、その時になって初めて、工藤加寿子という女性が、誘拐殺人の容疑者として警察にマークされていた人物であることを知ったのである。

その義兄に、二人が暮らした家の跡を案内してもらった。人骨が発見された納屋は、いまは新しく建て直されており、焼け落ちた家屋のあった土地は、白く深い雪の下にあった。

家の前の路面に立って、周囲を見回し、加寿子が娘の手を引いて助けを求めたという隣家を眺める。夜ならば、あたりは漆黒の闇であったはずだ。その闇の中で燃え上がる家屋。その炎を背に逃げ出していくとき、彼女はなにを考えていたのか。

話を聞く限り、この夫婦の風景には、どこをどう探しても、愛情や幸福の痕跡《こんせき》は見当たらなかった。

寿美雄さんに見合い話を持っていったことを後悔しているという親戚の女性は、今も加寿子が漏らした言葉をよく覚えているといった。それは「女を知らない男を騙《だま》すなんて簡単だから」という台詞《せりふ》だった。

週刊誌的に工藤加寿子を形容すれば、彼女は希代の悪女ということになる。金遣いが荒く、とにかく気性がはげしい。左手の小指の先がなく、太ももには刺青を消した跡がある。

小指については、「昔ヤクザの情婦をしていたとき、トラブルを起こし、落とし前として目の前で指をつめ、それをその男に投げつけた」という話もある。

だがホステスとしては魅力的で、金持ちの男をつかまえるのがうまかった。背が高くすらりとした体型のため、着物姿もよく似合った。

任意聴取を受けた時は、新十津川町を離れ、故郷に近い静内町《しずないちょう》でホステスをしていたが、当時の同僚によれば、「刑事が家の前で張っていても平然としていた」という。むしろ騒ぎを売り物にしていたふしもあった。客たちも怖いもの見たさで集まった。

当時、客として加寿子に接したある人物は、泊まっているホテルの部屋番号をしつこく聞かれたという。「教えていれば今頃どうなっていたか」と彼は苦笑するが、気に入った客に対しては積極的なようだった。

「男の千人斬《ぎ》りをめざす」、というのが彼女の口癖だったともいう。

だが最初の夫、ショーパブのオーナーに話を聞くと、加寿子の実像は、それらの風聞とは、微妙に異なっている。

彼の記憶によれば、彼女は若いホステス達から慕われる、姉御肌の気のいい女性だった。確かに気が強くて金遣いが荒いところはあったが、決して男狂いではなく、子供には優しく、見知らぬ子供でも洟《はな》を垂らしていると拭《ふ》いてやるようなところがあった。

だから、「小学生を誘拐して殺したといわれても信じられないんだ」と彼はいう。

加寿子に小指がなく、太ももに刺青の消した跡があることは、結婚前から知っていた。しかし彼はとくに理由を尋ねることもなく、逆に彼女のそれまでの境遇を思い、今度は幸福な人生を送らせてあげたいと思ったという。

彼との結婚生活の約一年間、加寿子は平穏な日々を送っていたはずである。

だがその結婚が破れ、札幌に戻って来てからわずか半年後に、秀徳君は失踪する。

もし加寿子が犯人だとしたら、その半年の間に、いったい何が起こったのだろうか。

何の罪にも問えない

たとえば共犯者がいたのではないのか、と考えることもできる。

加寿子は、任意聴取時に、犯行をほのめかすような供述をしたとされている。そのなかで、「わたしがしゃべれば事件はすべて解決する」「わたしを逮捕すればあと五人逮捕することになる」という言葉があったと伝えられる。その言葉が本当なら、「あと五人」とはいったい何を意味するのか。それは彼女に共犯者がいたことを示すのではないか。

札幌時代の半年間に、身代金誘拐を企てる共犯者との接触があったのだろうか。共犯者までいかなくとも、彼女に犯行を実行させる契機となった人物の影はなかったのか。

長年にわたり巨額の金額を貸しながら、なぜか借金の催促を強くしなかった東京時代に知り合った男性がいる。半年間の札幌時代に知り合いになって金を借りた男がいる。あるいは、新十津川時代にたびたび札幌に出かけ、ホテルに宿泊しながらしきりに誰かに電話をしていたという事実もある。

だがそこからは今のところ共犯者への連鎖は認められていない。共犯者がいるとすれば、彼女の固い沈黙にも、何らかの理由があることになる。しかし公判ではその可能性については、なにも言及されなかった。

事件の捜査が終了している今、これら全《すべ》てはむなしい仮説でしかない。そして無論、これらの推測は、すべて彼女が犯人であったらという仮定のもとに成り立つことなのである。

平成十三年五月の、工藤加寿子の無罪判決のニュースは大きな波紋を生んだ。その理由のひとつは、判決のわかりにくさにあった。

佐藤学裁判長は、加寿子に「無罪」の判決を下した。しかし「無実」を認めたわけではなかった。加寿子が重大な犯罪により秀徳君を死亡させた疑いは強いが、「殺意を持って秀徳を死亡させたと認定するには、なお合理的な疑いが残る」というのが無罪の理由だった。なぜ重大な犯罪を認めたのに無罪になったのか。そこがわかりにくいポイントである。

簡単に言えば、すべては時効の問題なのである。

佐藤学裁判長は、人骨のＤＮＡ鑑定や、段ボール箱の状況証拠などに関する検察側の主張をほぼ認め、加寿子が秀徳君を「死亡させた疑いは強い」とした。しかし決定的な証拠がないため、その行為に殺意があったかどうかは認めることはしなかった。

殺人罪とは「殺意を持って」死亡させたときにだけ適応される。それ以下は傷害致死罪になる。しかし加寿子の場合、傷害致死罪の時効はすでに逮捕の七年十カ月前に成立していた。だから今となっては、何の罪にも問えなかったのである。

検察側は一審の判決を不服としてただちに控訴《こうそ》した。そして第一回控訴審が、すでに平成十三年十一月二十七日、札幌高等裁判所で始まっている。

控訴審初公判で検察側は「殺意を認定しなかった一審判決には重大な事実誤認がある」と訴え、弁護側は「質の高い確実な証拠がなければ殺意を認定することはできない。そうでなければ刑事裁判はフィクションになってしまう」と応戦した。いずれにしても控訴審では、検察側がいかに「殺意」を立証するかがポイントになるといわれている。

完黙の女、工藤加寿子自身は、控訴審に出廷する義務はない。したがって傍聴人の前に再び姿を見せる予定も、今のところない。

現場で「異常性交」をした二十歳の自爆と再生

——世田谷「青学大生」殺人事件

嫉妬《しっと》にかられた男とその男のいいなりになった女によって、ゆきずりの生命にとどめが刺されたのは真夜中のことだった。

平成六年二月十六日。世田谷区の静かな住宅地にある二階建アパートの一室でのことだ。

六年半後の現場を訪ね歩く私に、近隣の主婦は「その瞬間」のことを、つい先日の出来事のように生々しく語った。

「夜中の十二時をすぎた頃、男の人の『うわーっ』という大きな声が聞こえたんです。酔っ払いがふざけて叫ぶとかじゃなくて、悲鳴みたいな、もっと切羽詰まった声が。それで窓を開けて表を見たんですけど、その一度きりしか声は聞こえてこなかった」

悲鳴から二日後の十八日の昼すぎ。連絡が取れないのを不審に思った両親の依頼で訪れた親戚《しんせき》によって、青山学院大学四年生の坂本洋二さん（仮名）が自室で殺害されているのが発見された。

坂本さんは頭部や腹部を刺されたうえ、首にビニール紐《ひも》を巻かれるという、凄惨《せいさん》な状態で部屋の入口付近に横たわっていた。

「なんでも室内は血だらけだったらしく、後に部屋の改装のためにやってきた業者の人が『(内装の張り替えを) 何度やっても血が浮き出てきちゃうんだよ』とこぼしてました」

アパートのそばの住民が語る。

坂本さんの部屋から隣室にかけて血のついた足跡が続いていた。また、隣室内から血を拭《ふ》いたタオル、さらにその部屋に入居の大学生、平田和男さん(仮名)のものではない男物の衣類や女物の靴が発見された。捜査員が同月六日から宮崎の実家に帰省中だという平田さんに事情聴取を行い、付近での聞き込みを行なった結果、いとも簡《かん》単に男女二人の名前が浮かび上がった。ともに二十歳(当時)で住所不定、無職の出《で》水智秀《みずともひで》と飯田正美《いいだまさみ》である。

飯田は平田さんの中学時代の同級生だった。しかし、加害者二人と被害者である坂本さんとの間にはつながりがまったくないのだ。ただの隣人である坂本さんが、なぜ殺されなければならなかったのだろうか。

出水と飯田が出会ったのは平成五年の二月。事件のわずか一年前のことだ。名古屋市内の繁華街で出水が飯田をナンパしたことから付き合いが始まり、彼らは大阪、名古屋、東京、宮崎、福岡と、全国を転々としていた。

奇妙な結びつきの二人だった。

それまで窃盗《せっとう》や傷害などを繰り返しては少年院に出入りしていた出水は、何事に対しても飽きっぽく、働いても長続きしない。金に困っては車上ねらいなどをしてパチンコに遣うという毎日を送っていた。が、そんな出水に飯田はずっと連れ添っていた。時折、嫌気がさしたのか、飯田から別れ話を切り出したこともある。しかし最後はいつも振り出しに戻り、彼の犯罪を手助けしていた。

そんな二人はやがて美人局《つつもたせ》に手を染める。

事件現場の隣に住む平田さんは、実は飯田と中学時代に交際していたという。そんな淡い思い出を共有するふたりは平成五年五月に再会した。皮肉なことに、出水が計画した美人局でだった。

まず飯田が世田谷の平田さんの部屋を訪れて誘惑、そこに出水が現われ「オレのオンナに何をしやがる」と脅す古典的なパターン。この一件で二度に渡って平田さんから現金を脅し取っていた出水は、平成六年二月に三度目の恐喝をしようと、福岡から飯田を連れて平田さんのいる東京に向かったのだった。

「一週間後に行くから待ってろ」

出水からの電話に身の危険を感じた平田さんはアパートを離れ、帰郷した。

数日後にほとんど無一文の状態で平田さん宅を訪れた出水と飯田は、無人の部屋の裏側から侵入し、室内に残されていた現金一万一千円を遣いながら、平田さんを待ち伏せることにしたのだった。

当時この事件を取材した記者は言う。

「出水は、こつこつ働いて生きていくのが馬鹿《ばか》らしく虚《むな》しいから、なんらかの手段で金を手に入れ、パーッと遊んでから死のうと考えてました。そこで過去に飯田と交際していた平田さんから金を奪うことにしたんです。しかし、彼が不在で予定が狂ってしまった」

何時とも知れぬ平田さんの帰宅を待つ日々に、出水は追い詰められていた。

残金が一千円ほどになった十三日の夜、出水は部屋にあったビニール紐を使っての心中を切り出した。まず飯田に自分の首を絞めさせて死のうとしたが、彼女はとどめの直前で躊躇《ちゅうちょ》する。ならばお前ひとりで死ねと言うと、飯田は迷うことなくロフトに紐をかけ首を吊《つ》ろうとする。その言いなりの姿にかえって慌《あわ》てた出水は止めた。

隣の部屋の住人から金を奪うという考えが浮かんだのは、その時だった。

十五日の夜、帰宅してきた隣室の坂本さんを飯田が「換気扇が壊れて……」と呼び出し、隠れていた出水が果物ナイフをつきつけた。そのまま脅しながら坂本さんの部屋へと向かい、室内にあった現金五万三千円とキャッシュカードを奪う。さらにそれでは足りず、彼を縛り上げた。

「たった五万円くらいで殺さないでくれ」

「金はサラ金から借りてきてもいい。オレは黙っているから」

坂本さんは縛られた状態で涙ながらに命乞《いのちご》いをした。その必死の様子を煙草《たばこ》を吸いながら見下ろしていた出水は、「この世の思い出に、飯田を抱かせてやる」と言った。そして身動きのとれない坂本さんの下半身をあらわにすると、飯田を促した。彼女は「そんなことできない」と首を振り、一応の抵抗を見せたが、出水は執拗《しつよう》に迫る。やがて諦《あきら》めたのか自ら服を脱いで裸になると、坂本さんの上に重なった。

ところが、ここで飯田の軀《からだ》が反応してしまったことで様相が一変する。その変貌《へんぼう》に耐えかねた出水が坂本さんから彼女を引きはがすと、みずから挿入。やがて事を終えた出水が坂本さん殺害を口にしたその時、手首の紐が緩んでいた坂本さんが逃げ出そうとしたのだった。慌てた出水は飛びかかって彼をはがい締めにした末、飯田の手を借りて、抵抗する坂本さんの腹を一回、左胸を二回、頭を一回ナイフで刺し、最後に喉《のど》を切り、念のためにビニール紐で首を二回絞めて殺害したのだった。

「異常性交」はなぜ起きたか

坂本さんを殺害後、静岡県熱海市内の無人の別荘に潜伏した二人は、二月二十二日に部屋の押入れのなかに携帯用ガスコンロを持ち込んで心中しようとしたところ、充満したガスが爆発。出水は全身やけど、飯田は軽いやけどを負い、飯田が一一九番通報して病院に運ばれたところを逮捕されたのだった。

この事件でとかく話題となったのが、殺害前に自分の彼女と被害者を性交させるという、出水の異常ともとれる行為である。

その一因として考えられるのが、彼の決して恵まれたとはいえない境遇だった。以前、週刊誌上で出水の弁護人が語っていた言葉だが、彼は工員の父親とホステスをしていた母親のもとに生まれたものの、両親は父親の暴力が原因ですぐに離婚。母親に引き取られたのだが家計は苦しく、生活のために彼女が家に男を連れ込む姿を、幼い頃から幾度となく目にしてきたのだという。

そうした過去は出水に、女性に対する強い執着心と猜疑心《さいぎしん》を植え付けたようだ。

出水は飯田と付き合い始めてからというもの、ことあるごとに彼女の男性遍歴を訊《たず》ね、その相手に嫉妬していた。後の取り調べで明らかになったのだが、美人局の相手として平田さんを選んだのはそれが原因であり、飯田が平田さんのことを今でも好きなのではないかという疑念を抱き続け、彼女にたびたび詰問《きつもん》していたのだという。その嫉妬心は「異常性交」という形で発現した。つまり出水は、飯田が自分の提案を断るという図式を想像して、「愛情確認」を行なったのである。そしてそれは裏目に出た。

出水は法廷で、自分がけしかけた行為によって変貌した飯田について、「反応を眺めているうちに腹が立ち……」と証言している。

その苛立《いらだ》ちのほこ先が、行為の相手である坂本さんに向けられてしまったのだ。

では逆になぜ、飯田は出水の申し出を受け入れたのか。

私は過去にスワッピングや複数プレイの経験者たちを多数取材してきたが、彼らもまた、男性が提案を行ない、嫌がる女性が渋々承諾するという、今回の二人がとった行動とほぼ同じ流れでプレイを始めていた。ちなみに、女性が拒絶を貫き通さずに最終的に申し出を受け容れる理由は、みな共通していた。

「愛している相手が望んだから」

だった。

はたして飯田は出水のことを愛していたのだろうか。

もちろんその他の可能性として、恐怖による服従、もしくは、絶望による自暴自棄ということも考えられる。が、出水を前に彼女がひとり首を吊ろうとした経緯を考えると、恐怖とは考えがたい。では絶望の可能性は？

事件当時の心情について、逮捕後の飯田の供述に、出水から子供ができないことを揶揄《やゆ》され、「ならば彼の望みどおりに大金を手に入れ、遊んでから一緒に死のうと思った」という一節がある。これは一見、絶望を吐露したかのようにもとれる。だが、交際からわずか一年、そのうえ彼女からたびたび別れを切り出していた相手の言葉に、なぜそれほどまで過剰に反応する必要があったのだろうか。飯田の胸の内に澱《おり》のように溜《た》まっていたものは何だったのか。

私は宮崎市内にある彼女の実家を訪ねた。

川べりの一角。ひっそり、という形容の似合うたたずまいの文化住宅が、飯田が小学校から高校までを過ごした家だった。彼女もまた、出水と同じく幼い頃に両親が離婚。タクシー運転手の父親に妹ともども引き取られ、父方の祖父母と同居していた。

「お父さんはちょっとの間だけ見かけたけど、すぐにいなくなったんよ。で、おじいちゃんとおばあちゃん、それから妹さんと四人で暮らしてたのね……」

近所の主婦によれば、祖父母の養子だった飯田の父親は、幼い娘たちを残して蒸発してしまったのだという。その主婦は続けた。

「……あまり近所付き合いのない家でね、正美ちゃん（飯田）にしても道で挨拶《あいさつ》を交わすくらいで、おとなしい子という印象しかないんよ。だから事件の時も、近所ではあんな子がねえ……くらいの話しか出んかったの」

その他、付近をあたっても彼女については「薄い」印象しか出てこない。わかったのは、高齢の祖父母によって賄《まかな》われていた家計が決して楽ではなかったということ。さらに、事件後しばらく経《た》って祖母は病気で亡《な》くなり、祖父は平成十一年から体調を崩し入院。借家だった家は現在引き払われているということだけだった。

学生時代の同級生はどうだろう。飯田は地元の公立小、中学校から私立高校の保育科に進学。その後、岐阜県下の紡績工場で働きながら私立短大の幼児教育科に通っていた。

小学校から高校までの同級生に訊ねたところ「マジメ」「内気」「地味」といった括《くく》りばかりが重なり、そこに「以前は看護婦になりたいと言ってたが、高校からは保母を目指していた」（中学時代の同級生）という記憶と、「休み時間に教室でよく四〜五人の仲間とドリカムの歌を歌っていた。当時はちょっと不良っぽい男の子が好きだと言っていた」（高校時代の同級生）という思い出が加わる程度だ。

つまり、学校でも存在が「薄い」のである。異性関係にしても、中学、高校時代に平田さんを含めて数人と交際の経緯があったことはわかったが、特筆に値するものではない。

そこで宮崎を離れ、岐阜県揖斐《いび》郡にある、出水と出会った時期に飯田が勤めていた紡績工場を目指した。

希望のない場所で

山あいの広大な農村地帯の真ん中にその工場はあった。広い敷地の端にある一軒家が、飯田の暮らしていた女子寮だった。

呼びかけたが寮は閉鎖されているらしく、人影はない。しかたなく事務所を探すうちに、工場の中へと迷い込んだ。薄明りのなか、子供の頃に社会科の教科書で見た通りの紡績用の機械の列が延々と続く。

「立ち作業が辛《つら》いから、毎年やってくる十四～五人の寮生のうち、三～四人が逃げ出してました。だから平成五年に飯田さんがいなくなった時も、そんなに驚きはなかったんです。ただ彼女、部屋に荷物をほとんど残してましたね。普通逃げるといっても自分の物くらいは持ち出すから、それだけは印象に残ってます」

後日捜し当てた寮の同級生の言葉だ。一日八時間工場で働くかわりに短大の入学金を会社が持ち、学費と寮費は給料の中から支払われるシステムだったという。そのため月々の手取りは約五万円。もともとが短大卒の資格を得ることを目的とした就労のため、卒業と同時にみんな工場を辞めていくのだそうだ。

現在は保母だという彼女は話を続けた。

「唯一《ゆいいつ》の楽しみは月に二回だけ可能な外泊でしたね。短大ではまわりの友達が遊びの話をしているのに、私たちは工場での仕事があったでしょ。だから、その日だけは名古屋や岐阜で思い切り遊んでたんです」

たしかに、工場の周囲に女子大生が遊べる場所はまったくといってよいほど無い。その面だけでいうと、絶望的な環境だ。宮崎市の都市部で育った飯田にしてみても、その思いは同じだったろう。

そして都会の名古屋で出水と出会った。自分と同じ境遇の持ち主で、乱暴で強引な男。出水が自分を引っ張っていくイメージは、彼女が子供の頃に失った父親という「強さ」に結びつく。なにより、絶望的なこの場所から抜け出させてくれる唯一の

「可能性」だと彼女が考えたとしても不思議はない。

　東京へ戻った私は、引き続き電話での取材を続けていた。そんな折、飯田を知る人物から、とある話を聞いた。

「実は飯田さんは、あの事件を起こすちょっと前に宮崎にやって来てて、仲の良かった女友達の預金通帳を盗んでるんです。警察の捜査ですぐに彼女が犯人だってことがわかったんですけど、行方はわからなかったんですね。そうしてたら、その友達あてに飯田さん本人から電話がかかってきたんですよ。で、その子が『あなたが盗んだんでしょ』って問い詰めたら、『そう』って認めて、返してくれって言うと、『だめ、返せない』って。それで電話が切れてしまったみたいで……」

　その事件に出水の教唆《きょうさ》があったかどうかは不明だ。が、飯田が友情という名の「過去」を断ち切り、愛情かもしれない「現在」を選んだともとれる話である。出水と出会い、彼女の中で何かが変わったのである。それはまるで、特定の物質にだけ強く反応する化学変化のように、劇的なものだった。

　皮肉なことに、逮捕後の検査で飯田の妊娠が発覚した。そして拘置所における出水との手紙のやりとりの末、彼女は出産を決意したのだった。公判の席で飯田はその理由について、「好きな人との間にできた子を殺せば、私は人を二人殺すことになってしまうので、産もうと決めたんです」と、説明している。

同年九月五日、出水が無期懲役、飯田が懲役十五年の判決を受け、翌十月、飯田は女の子を産んだ。出産に反対だった彼女の祖父母は引き取りを拒否したので、通常の措置からいえば、女の子は二歳まで乳児院に入れられ、その後は児童養護施設に預けられたことになる。

飯田が出所しても、出水の出所はまだ先だ。希望のない場所で出会った男に恋をし、その男の願いを盲目的に聞き入れたばかりに第三者の命を奪ってしまった。その代償は当然のことながら、彼女の今後の人生に重くのしかかってくるはずである。

「売春婦」ばかりを狙った飽くなき性欲の次の獲物

――広島「タクシー運転手」連続四人殺人事件

夜の帳《とばり》が怖かった。三十四歳のタクシー運転手、日高広明《ひだかひろあき》は、広島の空を焦《こ》がす夕焼けを見つめながら、あの忌《い》まわしい衝動が湧《わ》き上がるのを感じていた。

「また、女を殺してみたい。この手で首を絞めて……」

もうじき夜が来る。額を粘った脂汗《あぶらあせ》が伝った。ハンドルを握る白い手袋が、新たな犠牲者を求めて、ビクンと動いた。

第一の殺人

日高は、わずか五カ月の間に、夜の街で拾った女四人を絞殺し、まるで粗大ゴミを扱うように捨てている。

最初の犠牲者は、十六歳の少女だった。平成八年四月十八日夜八時、「西日本一の歓楽街」と言われる薬研堀《やげんぼり》を流していた日高は、児童公園に毛の生えたようなちっぽけな公園、新天地公園に佇《たたず》む少女に声を掛けた。

「遊ぶん？」

少女はコクンと頷《うなず》いた。

新天地公園は、援助交際のメッカとして知られていた。日高も幾度か遊んだことがある。身長百六十センチのずんぐりした身体《からだ》に、細い目と野暮ったい金縁メガネ。この冴《さ》えない男の趣味はセックスだった。相手は街角の売春婦に、援助交際の女子高生。すべて、カネでカタがつく、見ず知らずの女たちだった。

少女は、誘われるままタクシーに乗った。

〝今夜も女を抱ける〟

日高はほくそ笑んだ。コンビニで缶ビールを買い、ラブホテルに入った。約束の二万円を渡し、シャワーを浴びた。二人で「カンパイ」と声を合わせ、缶ビールを飲んだ。じきに少女が涙ぐみ始めた。

「どうしたんだ？」

優しく声を掛けた。少女は、嗚咽《おえつ》交じりに語った。

「父親の借金を返済するために大阪から働きに来たの」

訊《き》くと、あと十万返せば完済するらしい。少女はいま、現金十万円を持っており、呉《くれ》市まで返済しに行く途中だという。

父親の借金の肩代わりをした己の身の上を、切々と「哀《かな》しい」「辛《つら》い」と、訴えた。日高は思わず「なんか、(セックス)するのが悪いね」と言ってしまった。途端に少女は笑顔を見せ、「ありがとう、やさしいのね」と言うや、さっさと服を着込み、帰り支度を始めた。

日高は内心、〝やられた〟と思った。カッコをつけて、小娘に手玉にとられた自分が惨《みじ》めでならなかった。日高は少女に「呉まで送っていくよ」と、お人よしのタクシー運転手を装って言った。

少女は、あっさり承諾した。広島市の中心部から呉市まで約二十キロ。タクシーを走らせながら、日高は忙しく計算していた。自分の渡した二万円に、借金の返済金十万円。少なくとも少女はいま、十二万円の現金を持っている。

「サラ金の返済が賄《まかな》える……」

悪魔の囁《ささや》きが聞こえた。当時、日高は三百五十万円の借金があった。月々の返済は十五万円。酒と女で作った借金だった。うまいことに、少女は大阪に祖母がいるだけ、と言っていた。身寄りの無い、よそ者。

前方に呉市の街明かりが見える。躊躇《ちゅうちょ》する余裕は無かった。日高は人気の無い道に乗り入れ、タクシーを停めた。後部座席を振り返り、明るく声を掛けた。

「エンジンの調子が悪いけ、ちと足元のシートをめくってくれんね。配線をチェックするけえ」

少女が身を屈《かが》めると、日高はネクタイを緩め、運転席を降りた。そっと少女の背後に忍び寄る。おもむろにネクタイを首に巻き付け、一気に絞り上げた。夜十時五十分。日高の連続女性殺人の幕が切って落とされた。

絶命した少女の持ち物を改めると、所持金は自分の渡した二万円を含めて五万円。

「嵌《は》められた」

日高が目論《もくろ》んだ十二万円など、どこにもなかった。無性に腹が立った。日高は、タクシーに死体を載せたまま、約二十五キロ離れた広島市安佐南《あさみなみ》区まで戻った。そして、少女の死体を田圃《たんぼ》脇水路の土管に遺棄している。


「おれはおまえらとは違う」

日高広明は昭和三十七年、宮崎県宮崎市に生まれている。農家の三人兄弟の末っ子で、高校は地元の進学校に進み、将来の志望は教師だった。成績は優秀で、校内のマラソン大会で一位になるなど、スポーツも万能。友人も多く、ガールフレンドもおり、自他ともに認める地方の優等生として、まずは順調な高校生活を送っていた。

しかし、大学入試を機に、性格が捩《ねじ》れていく。成績優秀な日高は、三年になると、担任の教師からこう薦められる。

「筑波《つくば》大学へ推薦で入れるかもしれんぞ。受けてみんか」

日高は、希望に胸を膨らませた。国立の筑波大学なら、将来は教師どころか、研究者として大学に残れるかも……。夢想は際限なく広がった。しかし、結果は不合格。絶対確実、と踏んでいた国立の福岡教育大学も失敗し、結局、私立の福岡大学法学部へ進んだ。国立大学を尊び、教師の学歴を何かと口にする土地柄である。

「私立の福岡大学では、たとえ教師になっても尊敬されない」

自身、高校の教師が無名の私立大学出身ということでバカにしたことがあった。自分の将来を一気に閉ざされた気がした。

大学では同級生を見下した。

「おれは筑波大学を推薦で受けたほどの人間だ。おまえらとは違う」

授業にはほとんど出席せず、酒とギャンブルにのめり込んだ。四年時、留年は確実となった。あれほどバカにしていた同級生の中から、国家公務員や県の職員が次々に誕生していく。

「このままでは市役所の職員にもなれない」

強い挫《ざ》折感《せっかん》と共に大学を中退し、宮崎市の実家に帰った。周囲には「司法試験に失敗した」と言い張り、ちっぽけなプライドを保った。市役所の臨時職員として働き、酒と女に溺《おぼ》れた。

バイクの酒気帯び運転で逮捕され、ついには遊ぶカネ欲しさにひったくりを繰り返し、強盗事件も引き起こした。昭和六十一年一月二十五日午後零時過ぎ、会社員宅に侵入し、妻に包丁を突き付けて現金二万円と預金通帳を奪ったのだ。強盗容疑で逮捕された二十四歳の日高は、二年の実刑判決を受け、服役した。日高の心の闇《やみ》は濃く深くなるばかりだった。

出所後は故郷宮崎を離れ、平成元年四月、叔父を頼って広島市へ出た。そこで得た仕事が、タクシー運転手だった。ハンドルを握りながら、我が身を呪《のろ》った。大企業のエリート社員を乗せ、その自信に満ちた姿に接するにつけ、コンプレックスを募らせた。

「おれは本当はタクシーの運転手なんかやっている人間じゃない。筑波大学に受かっていたら、今頃は国家公務員として地位も名誉も約束された生活を送っていたはずなのに……」

手取りで三十万円あった給料の大半を、酒と女に費《つか》ったが、それでも足りず、サラ金から借金を重ねた。

平成四年、二十九歳の日高は叔父の紹介で結婚している。相手は三十歳の吉田俊子（仮名）だった。当時、サラ金の借金は五百万に達していた。だが、日高は結婚を機に、なんとも巧妙な方法で清算してしまう。建て売り住宅を購入し、このローンを実際の金額より四百万上乗せして組み、俊子の貯金百万円と加えて計五百万円をつくり、借金をきれいに返済したのだ。

新居は、広島市の北の山間部、安佐南区の新興住宅地にあった。俊子に弁当を作ってもらい、クルマで三十分かけてタクシー会社まで通った。平成五年四月、長女が誕生した。日高は、僅《わず》かながら、希望が開けた気がした。

「おれも運が向いてきた。家も持ったし、子供も出来た。これで世間も認めてくれる」

しかし、長女が誕生して二日後、事態は暗転する。妻の俊子の様子がどうもおかしい。ブツブツと意味不明のことを呟《つぶや》き、時折奇声を上げるようになった。その後、精神を病んだ俊子は入院、赤ん坊は妻の実家に預けることになった。

「おれはどこまでもついておらん」

また酒とギャンブルと女に溺れた。サラ金から借金を繰り返し、平成六年末には二百万円まで膨れ上がった。日高は実家の兄に泣きつき、返済してもらった。妻の俊子の病状は、一進一退を繰り返し、一時は退院したものの、平成七年からは再び長期入院を強いられた。

日高の暴走はもう止まらなかった。夜の女を買い、酒を浴びるように飲んだ。精神を病んだ妻に回復の兆《きざ》しは見えず、実家に引き取られたままの娘とは、疎遠になるばかり。強盗事件の前科で故郷を追われ、借金で首の回らないタクシー運転手にまで身をやつした自分が惨《みじ》めでならなかった。

「筑波大学の推薦入試を受けたほどの自分が、まさかこんな……」

膨らみ続けるサラ金の借金は、自ら命を断って生命保険で払えばいい、と開き直った。しかし、ケチなプライドに悶々《もんもん》と執心するだけの男に、自殺など出来るはずもなかった。ひたすら自分だけが可愛《かわい》く、己の不運はすべて周囲のせいだった。

凶行は続く

最初の殺しから十八日後の五月六日、少女の腐乱死体が発見された。身元が、呉市の県立高校定時制に通う一年生と判明し、日高は震えた。

〝大阪の女じゃなかったのか〟

刻一刻と、自分の身辺に捜査の手が迫っている気がして、生きた心地がしなかった。

しかし、六月になり、七月になり、梅雨が明けても、周囲に警察の動きはなかった。

日が経《た》つにつれ、〝警察捜査にも限界があるんだな〟と安堵《あんど》し、逆に自信を深めた。

「セックスを商売にしている行きずりの女なら、自分と接点は無い。現に、警察は何も分からないじゃないか」

八月十三日夜、日高は繁華街を流しながら、次の犠牲者を物色した。

「ホテルを出てから殺せば、セックスもタダでできる」

クーラーの効いたタクシーの中から、うだるような暑気の中を歩く女たちを見て、舌なめずりをした。

「カネでやらすような女なら、捜索願も出んだろう」

そんな手前勝手な思い込みもあった。

二人目は二十三歳の、スナック勤めの女性だった。一人目と同じように新天地公園でタクシーに誘い、車中で三万円を渡して安心させると、ホテルに入った。女は、この素行不良のタクシードライバーを牽制《けんせい》するつもりか、自分の父親はヤクザで、怒ると何をするか分からない、と喋《しゃべ》った。

「ほおう、お父さんは本物のヤクザか、それは怖いねえ」

日高は感心した素振りで頷《うなず》き、セックスをした。ホテルを出たのが午前零時五十分。途中、コンビニに立ち寄って缶ビールと軍手を買った。山道に入ると、何の前触れも無くタクシーを停めた。

「よく故障するんだよ」

日高は笑い、女に床のシートをめくるよう頼んだ。段取りは手慣れたものだった。買ったばかりの軍手を素早くはめ、後部座席に身体を滑り込ませ、背後からネクタイで首を絞めた。女は泣き叫んだ。

「さっきの話はウソよ。うちのお父ちゃんはヤクザなんかじゃない。おカネは返すから許して！」

日高は女の命乞《いのちご》いをせせら笑い、さらに力を加えた。今度は軍手があったから、一層、ネクタイの締まりが良かった。ぐったりとした女の身体を改め、所持金五万二千円を奪った。山林に捨て置いた死体は、八月下旬になっても発見されず、日高はいよいよ自信を深めた。

秋の気配が漂い始めた九月七日深夜、三人目の犠牲者は四十五歳のホステスだった。

以前から顔見知りで、誘うとあっさりタクシーに乗り込んできた。

「どこか遠くで遊ぼうかいね」

「うん、ええよ」

三万円、渡した。

「タクシーの中でしてもええかね」

「ええよ」

途中、女にコンビニで缶ビールを買わせた。事前に缶ビールを飲むのが、日高の儀式となっていた。真っ暗な山道でタクシーを停めると、日高はこんな言葉でセックスを迫った。

「おれは後ろからするのが好きなんじゃ。四つん這《ば》いになってくれんかね」

女は承諾し、後部座席で背を向けてパンティーを脱ぎ、尻《しり》を突き出した。白いふくよかな臀部《でんぶ》が、闇の中で朧《おぼろ》に浮かび上がる。日高はゴクリと生唾《なまつば》を飲み込んだ。ネクタイとズボンのベルトを緩め、野獣めいた唸《うな》り声と共にのしかかった。危険を察知した女が、振り返り、叫んだ。

「なにするの！」

日高はベルトを引き抜き、首に回して絞め上げた。女は激しく抵抗した。構わず引き絞った。女は白目を剝《む》いて失神した。仕上げにネクタイで絞め付け、絶命させると、八万二千円を奪った。

三人を殺した以上、捕まれば死刑は免れない。警察に連行され、死刑台に送られる自分を想像して、恐怖に震えた。しかし、一方では、人知れず女たちを縊《くび》り殺したうえ、警察の捜査の手を逃れている事実に陶酔し、揺るぎのない自信を持った。

「おれは絶対に捕まることはない」

自分は超人ではないか、と半ば本気で思った。

気が付くと、四人目の犠牲者を物色している自分がいる。少女の死体は発見されたものの、その後の二人については何の報道も無い。もう、殺人は快楽だった。夕刻、タクシーを運転しながら、湧《わ》き上がる殺人衝動を抑えられない自分に直面すると、さすがに怖かった。いつもと違う自分なら、この凶々《まがまが》しい衝動も収まるかもしれない、と乗務用の真っ白な手袋を脱いでハンドルを握ったこともある。

しかし、夜が迫るにつれ、狂おしいまでの欲望が全身を貫いた。指が疼《うず》く。柔らかな首を絞めるネクタイの感触と、断末魔の痙攣《けいれん》は、堪《たま》らない快感だった。人を殺さずにはいられなかった。獲物は、カネさえ渡せばいつでもどこでもセックスをさせる、堕落した夜の女……。

「アイちゃん」という女

第三の殺人から一週間後の九月十三日夜十時頃、日高は以前、何度か遊んだことのある三十代の女性、通称〝アイちゃん〟に声を掛けた。停車したタクシーの中で十分ほど話したあと、日高は缶ビールを買いに外へ出た。戻ってみると、アイちゃんの姿は無かった。

「逃げられた」

日高は舌打ちをした。しかし、午前零時過ぎ、一軒のホテルの前で再びアイちゃんに出くわした。

「アイちゃん、四万出すけえ、これを最後の仕事にせんね」

普通、ショートだと一万五千円から二万円だった。ただし、最高額の二万円となると二十代の売れっ子に限られていた。三十二歳の、容姿も十人並のアイちゃんは、相場の倍以上の申し出を快諾した。

「今夜はちっと遠くへ行ってやろうか」

日高は上機嫌でタクシーを発進させた。途中、コンビニに立ち寄り、アイちゃんに缶ビールとツマミを買わせ、そのまま郊外のホテルへ行き、セックスをした。

アイちゃんの本名はロマンス洋子といった。福岡県の中学を卒業後、ガソリンスタンドやスナックで働くなど、職業を転々とした後、結婚。二人の娘をもうけている。しかし、離婚し、アイちゃんは幼い娘二人を連れて広島市に移り住んだ。事件の二年前の平成六年、ナイジェリア人の男性と結婚し、以来、夫の姓であるロマンスを名乗っていた。事件当時は別居しており、夫から経済的な援助を受けることもなく、二人の娘（十一歳、十二歳）とマンションで暮らしていた。

故郷の福岡を離れ、母子三人の生活は、母親の収入だけが頼りだった。アイちゃんは毎日、夜になると出掛け、繁華街で客をとり、明け方帰るという生活を送っていた。その馴染《なじ》み客の一人が、日高だった。

ホテルを出た日高は後部座席にアイちゃんを乗せ、広島市の西、廿日市《はつかいち》市の方向へ向かってタクシーを走らせた。

午前二時を回っていた。人気の無い、シンと静まり返った田舎道。日高はいつものようにタクシーを停めた。ヘッドライトが消え、辺りを漆黒の闇が支配した。

「足元のシートをめくってくれんね」

これまでの経験から、女たちはプロのドライバーの指示に、毫《ごう》も疑いを抱かないことを知っていた。日高は、屈み込むアイちゃんを見ながら、ネクタイをスルスルと解いた。と、アイちゃんが顔を上げた。

「なんか怖い」

日高は笑みを浮かべ、ネクタイを座席に掛けた。

「なにを言うとるの」

「悪いけど、一人で帰る」

アイちゃんはドアを開け、外に出た。顔が恐怖で強《こわ》ばっていた。

〝まずい〟

日高は慌《あわ》てた。

〝警察へ駆け込まれたら終わりだ〟

キーを捻《ねじ》り、タクシーを発進させた。徐行しながら、助手席の窓を開けて声を掛けた。

「ちゃんと送るけえ、乗らんね」

速足で歩きながらアイちゃんは、ショルダーバッグから四枚の一万円札を摑《つか》み、投げ付けた。

「もう、おカネはいらんから！」

叫ぶように言うと、駆け出した。日高は怒りで目の前が真っ白になった。

〝やさしゅう言うとけば付け上がりやがって〟

アクセルを踏み込み、猛スピードでアイちゃんの前に廻り込んで進路を塞《ふさ》いだ。外へ出ると、立ち竦《すく》むアイちゃんの襟首を摑み、携帯していたナイフを喉元《のどもと》に突き付けた。

「戻れよ」

後部座席に連れ込むと、握り締めた右拳《みぎこぶし》で顔面を思い切り殴りつけた。一発、二発――鼻血が吹き出し、唇が切れた。十発近く殴ると、アイちゃんは顔面を朱に染め、失神した。日高はネクタイで首を絞め上げてとどめを刺した。所持金は五万六千円。座席が血や糞尿《ふんにょう》で汚れてはマズイ、とアイちゃんの首に巻き付けたネクタイの両端を天井側部の手摺《てす》りに結び、首吊《つ》りの格好で固定させた。そのまま、タクシーを移動させ、十分ほど離れた山林の斜面にアイちゃんを投げ捨てた。

それから五時間後の十四日午前七時、近所に住む七十五歳の女性が犬の散歩の途中、草むらに横たわる死体を発見、警察に通報している。前夜、タクシーに乗り込むアイちゃんの姿は通行人に目撃されており、犯人が割り出されるまで、それほど時間を要しなかった。九月十八日、広島県警は日高の犯行と断定。二十一日、逃亡先の山口県防府《ほうふ》市で逮捕された。

他の三人の犠牲者については日高の、なんともお粗末な勘違いから一気に自供へと進んだ。本人の供述によればこうだ。

「刑事さんから『他に隠していることはないか』と聴かれたので、警察は死体のありかを知っていて、わたしの情状のために自分から言うのを待っているのだろう、と思った」

卑《いや》しい、自己本位の性根が透けて見える言葉である。

そして月日が流れ……

墨を流したような漆黒の川面《かわも》に、ラブホテルの毒々しいネオンサインが滲《にじ》んでいた。広島市の中心部を流れる京橋川。バーやクラブが無数に乱立し、ホステスの嬌声《きようせい》が飛び交う薬研堀から五分ほど歩き、川を渡ると、そこは派手な電飾が目映《まばゆ》いホテル街である。川岸には、街灯もまばらな帯状の公園が伸び、夜ともなれば、暗がりに女が立ち、盛り場から流れてきた酔漢の袖《そで》を引く。アイちゃんと娘二人が暮らした七階建てマンションは、この対岸の京橋川沿いに建っていた。

事件から四年の月日が流れた。私は夜、一帯を歩いてみた。女たちの姿が、公園のあちこちに見える。街灯の下で婉然《えんぜん》と微笑《ほほえ》む女もいれば、植え込みの陰にひっそりと佇《たたず》む女もいる。川岸に沿って伸びる公園との間に道路を挟んで、ラブホテルがズラリと建ち並んでいた。

「アイちゃんのことはよう知っとるよ」

五十歳前後とおぼしき、小太りの、白いワンピースの女が教えてくれた。

「あんまり評判が良くなかったなあ。客の財布からカネを抜くいう噂《うわさ》があってね、こら辺りには立てんかったんよ。抜かれたお客が血相変えて探し回っていたこともあったけえね。あのコは娘二人を抱えておったから、生活が苦しかったんやろうな。薬研堀を中心に、場所を決めずに流しておったみたいよ。でも、殺されるなんてなあ」

フーッとため息をつくと、女はけだるい口調でこう言った。

「年をとると、ヤバイ、と思う客もとらないかんのよ。でなきゃオマンマの食い上げでしょう。日高みたいなバカはめったにおらんけどねえ」

事件以来、若い売春婦は携帯電話で馴染み客と連絡を取り合うようになり、めったに公園に立つことはないという。

「だから、今ここらへんに居るんは、うちらみたいな売れないバアさんばっかりじゃ」

女は力無く笑った。

四件の強盗殺人・死体遺棄の罪で逮捕、起訴された日高に対し、検察側は平成十一年十月六日、死刑を求刑している。そして十一月十日、弁護側の最終弁論が行われた。広島市は朝から見事な日本晴れだった。地方裁判所の隣に位置する広島城の紅葉が、壮大な紅蓮《ぐれん》の炎のように逆巻いていた。日高は四人の廷吏に付き添われ、法廷に現れた。頭を丸め、赤のウインドブレーカーと黒のジャージを着込んでいる。手錠と腰縄を解かれると、正面の裁判長に向かって、深々と一礼をした。

弁護人の最終弁論が終わり、最後、裁判長は起立した日高に対し「何か言いたいことはありますか」と語りかけた。日高は両手を握り締め、猛然と喋《しゃべ》り始めた。

「私は許されるなら、今すぐ死んでお詫《わ》びしたいと思いますが、それだけではとても罪の償いに足りません。刑が執行されるまで、死の恐怖と向かい合い、惨《みじ》めな姿を晒《さら》してのたうち回り、被害者の味わった死の恐怖、その苦痛の何分の一かを味わうことができたら、初めてひとつの償いになると思います」

日高の言葉は約五分間に渡って続いた。その間、言葉が淀《よど》むことは無く、途中から涙を流し、吠《ほ》えるように語った。

「願わくば、一日も早く被害者のもとへ行き、謝りたいと思います。自分はいったい、何のためにこの世に生まれたのか、どのような生き方をしてきたのか、それを考えると辛《つら》く、悲しい気持ちでいっぱいです」

法廷を出て行く日高の拳は、固く握られたままだった。

私は一度だけ、拘置所の日高から手紙を貰《もら》ったことがある。それはこんな書き出しだった。

「鉄格子《てつごうし》の窓から見上げる安芸《あき》の空は、蒼《あお》く透き通り、眩《まぶ》しい程です。秋も深まり、厳島《いつくしま》の杜《もり》も錦《にしき》を織り始めた頃でしょうか」

日高は、一貫して面会を拒否していた。手紙は、その詫びの言葉を連ねた後、自らの覚悟をこう書いている。

「唯《ただ》、私にしましても、これまでの三年間、何回となく、否《いな》、何百回と想《おも》い悩み、そして苦しんで、眠れぬ夜も幾多あったか分かりません。しかし、事、ここに至っては、もう何も申し上げることはありません。又、これまで、担当の弁護士以外、親族、友人・知人、その他、何方《どなた》ともお会いしておりませんし、手紙等のやり取りもしておりません。そして、今後もお願いするつもりもありません」

平成十二年二月九日、前夜から降り積もった雪が、朝の陽光に輝いていた。午前十時半、広島地裁三〇四号法廷で、日高広明に対する一審判決が言い渡された。

「主文、被告人を死刑に処す」

裁判長の言葉を、日高は起立したまま聞いた。判決後、日高は控訴の手続きをとらず、ここに女性四人を絞殺した男の死刑が確定した。

帰ってこられない人々

岩井志麻子

あの頃も今も、私の周りに人殺しはいない。殺された人もいない。だが、死者はいる。あの頃も今も、親しい死者と見知らぬ死者とがいる。私はあの頃、そう、幼かった頃、父と母の言う「死んで帰ってきた人はおらん」というのが、それこそ死ぬほど怖かった。死んだ人が化けて出る、という脅しの方がよほど救われる思いがしたほどだ。

今日この本を読んで、久しぶりに幼い頃の恐怖を味わった。同時に、得体の知れぬ郷愁をも味わった。その恐怖と郷愁を、解説代わりに書き出してみる。

○西宮「森安九段」刺殺事件

これは、哀《かな》しみの聖域でのお話である。天才と称するにはまとも過ぎ、努力家と誉《ほ》めるには無邪気すぎる棋士は、我が子に殺害されたという。その子供が未成年であったため、捜査にも取り調べにも報道にも真相究明にも、様々な制約が課されたのだった。

その粘り強さから、彼の棋風は「だるま流」と呼ばれていた。「少年法」もまた七転び八起きだ。必ずや立ち直るであろうことを前提に制定されている。だが、もう彼は八度目の転倒はできない。「少年法」は、成人した者を九度目に助け起こしてはくれないのだ。

○井の頭公園「バラバラ」殺人事件

血を抜かれ、形状を整えられ、バラバラに切断されて公園のゴミ箱に捨てられた遺体。その被害者は誰にも恨まれることのない、勤め先でも家庭でも円満な良き人であった。

事件の異様さと当事者の平凡さとの落差が、怖いというより暗澹《あんたん》たる気持ちにさせられる。また、今以《もつ》て解決を見ないところから、日常に潜む罠《わな》や亀裂《きれつ》や悪意といったものを、直接の関係者ではない私達もひしひしと感じさせられる。御遺族の「犯人が憎いというよりも、真実が知りたい」という言葉は、無論私達とて叫びたいのだ。

○京都「主婦首なし」殺人事件

本人の責や咎《とが》ではないことで区別されることは、不幸なことである。だが、殺した者と殺された者とは区別をされるべきであろう。

この事件の逸話として最も怖いのは、讃《たた》え難い聖戦に勝った弁護士でも、夫は人殺しかもしれぬのに今も円満な夫婦でいるという妻でもない。被疑者の、「アリバイにもならない代わりに覆《くつがえ》すこともできない」という供述だ。主婦が殺害された時、この男はどこの闇《やみ》の中に佇《たたず》んでいたのか。きっと首の無い女と並んで、その闇を見ていたに違いない。

○柴又「上智大生」殺人放火事件

殺されていい人間などいるはずはないが、こうまで「殺されるべきではない」人々が殺された話を続けて読まされれば、「人を殺した奴は殺されてもいいのではないか」とまで言いたくなる。成績優秀、真面目《まじめ》で明朗、暖かな家で大切に育てられた女子大生。そんな彼女を殺しただけでなく火まで付けた犯人は、一体何を消し何を燃やしたかったのか。

彼女が誠実に生きた軌跡まで消せはしないし、己れの犯行を燃やし尽くすこともできはしないのだ。強い愛憎が黒焦《こ》げのまま永遠に残るのは、犯人にとっても辛《つら》かろうに。

○熊本「お礼参り」連続殺人事件

私も純真な子供ではないから、刑務所がどんな所かは実際に行かずとも知っている。

優しく教育や躾《しつけ》をし直してくれる施設ではなく、罪を犯した者に懲罰を与える場なのだと。

その懲罰はあくまでも刑務所が、国家が、法律が与えるものである。ところが、この懲罰は自分が酷《ひど》い目に合わせたはずの「被害者」が与えたものだと、逆恨みの念だけを募らせ、出所する者も少なからずいるというではないか。刑務所はきちんと、本当はこの罰は刑法でも被害者の代行でもなく、自分が自分に与える罰なのだと教えてやって欲しい。

○名古屋「臨月妊婦」殺人事件

猟奇という言葉の響きには、怖いけれど面白い、気持ち悪いけど見たい、といったものがある。妊婦の腹を裂いて胎児を取り出し、そこに異物を詰めておく。これは紛れもなく猟奇と称される事件だろう。だが到底、誰もそういった気分にはなれないはずだ。

いかにも深い怨恨《えんこん》がありそうな事件ではある。いかにも意味ありげな行為のなされた遺体ではある。しかしそこにあるのは、あまりにも暗い虚無だけだ。形容のできない虚空《こくう》のみだ。奇跡的に生き延びた赤ん坊だけが、きちんと意味を持っているのだと願いたい。

○埼玉「富士銀行行員」顧客殺人事件

私の故郷の岡山では、「大人しい者ほど屁《へ》が臭い」という格言が行き渡っている。この章を読んだ時、真っ先に浮かんだのはそれだ。

真面目に一生懸命生きてきた老夫婦を無慈悲に絞め殺した銀行員は、決して優秀だの遣《や》り手だのと称賛はされていなかったが、可もなく不可もなく地道に仕事をこなしていたという。そんな男が、生きたまま畜生道に墜《お》ちる瞬間とはどのようなものなのか。それは、含蓄ある格言を遺《のこ》した岡山の先人にもわからないはずだ。

○札幌「両親」強盗殺人事件

大体において私は、普通の人が注意する所を見逃し、普通の人が見過ごす箇所にこだわる。そんな私でもやはり、「好きな男」と「実の親」を天秤《てんびん》にかけて前者を取り、さらに共謀して親を殺した女子大生に関しては、普通の人達と一緒に戦《おのの》いてしまうのだが。

やはり一言言わせて欲しい。この幼稚な男女が同棲《どうせい》中、縫いぐるみ二個に名前をつけて四人家族に擬していたということに、私は激しく引き付けられたと。孤児になった縫いぐるみは、もうそんな幼稚な疑似の父と母を忘れているとしても。

○葛飾「社長一家」無理心中事件

正直この章が最もきつかった。大袈裟《おおげさ》ではなく、読後しばらく鬱《うつ》になったほどだ。そもそもは、何故《なにゆえ》に愛する妻と娘を殺したか、と問い詰めなければならないのだ。しかしこの章を読んだ人はそれよりも、「なんでこんなものを遺した」と呻《うめ》きたくなる。首吊《つ》り自殺をして果てるまでの声を淡々と吹き込んだ、実況テープ。その奇妙に落ち着いているという語り口も怖いが、背後に鳴り響いていた轟音《ごうおん》とは何なのだ。無論、知りたくはない。その音の正体がわかったら、私の背後にも鳴り響きそうではないか。

○つくば「エリート医師」母子殺人事件

優秀な医師であることと、女癖が悪い男であることは、矛盾はしない。同じく、一《いち》途《ず》にひたむきな女であったことと、やや派手好きで奔放であったことも矛盾はしない。どちらも本当なのだから。ただ二人の不幸は、矛盾すらできない平行線ばかりの間柄になってしまったことではなかったか。

当たり前だが、私は被害者の方に感情移入している。だから、遅すぎても言ってあげたいのだ。あんな弱い男に逃げ道を用意してやらず、追い込んだのはまずかったね、と。

○札幌「社長令息」誘拐殺害事件

たとえ自分に不利になることがわかりきっていても、女とはしゃべらずにはいられない生き物なのだ。女には決して忍ぶ恋はできないし、固く口を閉ざしておかなければならない行為はできない。

ならば、この女は何者か。本当に犯人なのかというよりも、本当に女なのかと問いかければ、空恐ろしい答えが返ってくる。「完黙の女」。それがこの女に付けられた呼び名である。完黙の女はその欠損した小指の先で、真実を虚空に書き記すこともしてくれない。

○世田谷「青学大生」殺人事件

バカ男とバカ女が出会って、ヤケクソの逃避行の間に散々悪事を働く。これはほとんど古典の世界である。そうして、大概こういう組み合せは男の方が強気のバカで、引きずられる女の方が弱気のバカである。掘り下げると、女の方が図太さは上だとしてもだ。

この事件もまた、それを素直に踏襲している。殺す前に性交させてやる、と被害者の大学生の前に己れの女を差し出した男は、何に対してそう強がりたかったのか。おそらく、引きずり回しているつもりなのに本当は自分を支配している、共犯の女にだ。

○広島「タクシー運転手」連続四人殺人事件

高校までは順調だったのに、大学入試の失敗を最初の躓《つまず》きとして、借金だ刑務所だとわかりやすい転落をしていった男はずっと、「自分は本来こんな人間ではない」と思い続けていたという。ならば殺された「売春婦」達も、そう思っていたとしてもいいだろう。

会うはずがなかった者同士が会ってしまい、起こるはずのなかったことが起こってしまったのだと、犯人も被害者も淫靡《いんび》な闇の中で叫んだろう。皮肉なことに、その叫びの刹那《せつな》に、自分が確かに今ここにいることを実感したのではないのか。

――一通りの感想を書いてみて、私はようやく自分の間違いに気がついた。あの頃も今も、私の周りに人殺しはいた。殺された人もいた。そうして、死者はいなかった。あの頃も今も、死んで帰ってきた人はいないのだから。

（平成十四年一月、作家）

執筆者・「新潮45」掲載号一覧（五十音順）

浅宮　拓――覆せない「物語」、最重要容疑者は何故釈放された　一九九九年十月号
「無期懲役」で出所した男の憎悪の矛先　二〇〇〇年五月号
祝　康成――「少年法」の闇に消えたうたかたの家族　一九九九年十月号
封印された「花形行員」の超弩級スキャンダル　一九九八年十月号
「自殺実況テープ」の出してはいけない中身　二〇〇一年四月号
「売春婦」ばかりを狙った飽くなき性欲の次の獲物　二〇〇一年一月号
歌代幸子――「行きずりかストーカーか」、見過ごされた殺意　一九九九年十月号
小野一光――現場で「異常性交」をした二十歳の自爆と再生　二〇〇一年一月号
上條昌史――切断された「二十七の肉塊」は何を語る　一九九九年十月号
「完黙の女」は紅蓮の炎を見つめた　二〇〇〇年八月号、九月号
中尾幸司――警察を煙にまいたホストと女子大生の「ままごと」　二〇〇一年一月号
町田喜美江――切り裂かれた腹部に詰め込んだ「受話器と人形」　一九九九年十月号
崩壊した夫婦の黒き情欲の陰で「微笑む看護婦」　二〇〇一年一月号

＊文中一部敬称略。また文庫化にあたり改題、加筆した。

殺人者《さつじんしゃ》はそこにいる
逃げ切れない狂気、非情の13事件

新潮文庫　し－31－3

平成十四年三月一日発行
令和七年四月二十日二十八刷

編者　「新潮《しんちょう》45」編集部《へんしゅうぶ》
発行者　佐藤隆信
発行所　株式会社 新潮社
郵便番号　一六二―八七一一
東京都新宿区矢来町七一
電話　編集部(〇三)三二六六―五四四〇
読者係(〇三)三二六六―五一一一
https://www.shinchosha.co.jp

価格はカバーに表示してあります。

乱丁・落丁本は、ご面倒ですが小社読者係宛ご送付ください。送料小社負担にてお取替えいたします。

印刷・大日本印刷株式会社　製本・株式会社大進堂

ISBN978-4-10-123913-2 C0195